Gabriele Wohmann

Weihnachten ohne Parfum

aufbau

Gabriele Wohmann

Weihnachten ohne Parfum

Erzählungen

aufbau

FSC
www.fsc.org
MIX
Papier aus verantwortungsvollen Quellen
FSC® C083411

ISBN 978-3-351-03606-5

Aufbau ist eine Marke der Aufbau Verlag GmbH & Co. KG

1. Auflage 2015

Einbandgestaltung ZERO Werbeagentur, München
unter Verwendung eines Motivs von Thordis Rüggeberg/plainpicture
Satz LVD GmbH, Berlin
Druck und Binden CPI books GmbH, Leck, Germany
Printed in Germany

www.aufbau-verlag.de

Weihnachten ohne Mr. Addams

Männer sterben früher. Oder hab ich das schon mal gesagt? Denk an Sissi Reitzmanns Ehe. Gertrud blickte mit nachdenklich-melancholischem Elefantenblick auf ihre zwölf Jahre jüngere Schwester, die, vom Dezembersturm zerrauft, aus dem Innenstädtchen zurückgekehrt war. Du siehst wie ein angerupfter Radicchio-Kopf aus.

Er hat mir in der Vorweihnachtszeit so besonders gut geholfen. Bertha klang, als bringe sie auf einem Amt ihre berechtigte Beschwerde vor, kämpfe um alte Rechte. Ja, und du hast es mir schon x-mal gesagt, und wem nützts?

Was gesagt?

Dass Männer früher sterben. Und ich an Sissi Reitzmann denken soll. Weißt du, mit seiner Griesgrämigkeit hat er *meine* Weihnachtswut gemildert. Er war ganz durcheinander von all dem Tumult

Vom Bratwurstduft.

Über Mr. Addams Tod (schon Ende Oktober) hatten die Schwestern nach wochenlanger schweigender Tabuisierung erst vor einiger Zeit mit gutdosierten Erinnerungsportionen zu reden angefangen. Was meinst du, fragte eine die andere, wenn wir im Freundeskreis als Thema drankommen, kriegen sie dann Mitleid? Ach was, egal, und aufs Ganze gesehen, verstehen sie uns.

Aber dass die zwei sich sogar ab und zu Vorwürfe machten, fanden alle unvernünftig: Und wie sie sich für den guten alten Mr. Addams abgerackert haben. Besonders Bertha brachte wahre Opfer, die liebe Gertrud konnte ja nicht mehr, zum Beispiel mitgehen zum Arzt. Vorwerfen könnten sie sich nur ihre Verstöße gegen seine Diät. Sie wussten, er musste abnehmen. Niemand, der nicht mitbekommen hatte, dass sie ihm immer Leckerbissen zusteckten. Trotzdem: Es war wie beim Tod eines nahen Angehörigen. Fazit: Man müsste sich was einfallen lassen. Einen Trost. Zuerst als Ersatz, doch aus dem Ersatz würde bald die ideale neue Füllung einer Lücke. Weihnachten stand vor der Tür. Nur bremsten Bedenken die Hilfsideen der Wohlmeinenden. Frau Beckstein brachte vor: Mit noch etwas Geduld werden die Ärmsten allmählich ein Freiheitsgefühl entwickeln. Beide sind alt, auch Bertha, obwohl es nicht so scheint, könnte sein, sie atmen doch eines Tages auf, nehmt nur Olga Mieder, sie liebte ihren Mann und regenerierte sich doch als Witwe, die Belastung war zu groß geworden. Frau Hamm hielt dagegen: Sogar an meiner alten Waschmaschine hing ich so herzlich, oder wie soll ich sagen, dass ich lange Zeit all die Scherereien mit ihr durchstand, zwar habe ich eine neue, aber es ist nicht dasselbe. Frau Schneider-Witt, schon aus Neugier, was draus würde, litt selten unter Skrupeln und hielt einen Nachfolger des guten alten schwierigen Mr. Addams für eine Versuch wert und beschloss, sich umzuhören: Einsame, die jemanden brauchen, gibt es wie Sand am Meer. Und Gertrud und Bertha sind Menschen, die gebraucht werden wollen, mitleidige Menschen, vielleicht wollen das alle, gebraucht werden. Psychologen sagen es, und die Arbeitslosen kriegen Depressionen. Die anderen schätzten Gertrud und Bertha als ungefährdet ein, was Depressionen anging, aber dass sie einen Mangel litten, sah ein Blinder.

Gertrud riss eine Packung Ingwernussplätzchen auf und sagte: Die hatte er nicht so gern. Er war ein Feinschmecker, stimmts?

Keine Ahnung. Bertha, noch vom Weihnachtsterror irritiert, war jetzt nicht in Stimmung für Erinnerungen an den Toten. Nicht stabil genug, und Gertrud hielt es gerade deshalb für nützlich, hörbar weiterzugrübeln: Andererseits, er hatte es auch gern, Weihnachten. Hier, mit uns beiden, er fands gemütlich, und er liebte unsere selbstgemachten Naschsachen, und das half uns sehr.

Kannst du mir verraten, Schätzchen, Bertha klang immer noch ruppig (die Nachwirkung ihrer kurzen, ausnahmsweise nachmittäglichen Besorgungstour): Ich meine, gibts eine Erklärung dafür, warum ich extra zum Mussmann sausen musste, weil du plötzlich die Zimtwaffelgier hattest, und du nun die Ingwernussplätzchen aufmachst?

He! Du unterschlägst, dass deine Augentropfen am Ende sind und du in die Apotheke wolltest, und deine Krimi-Gier unterschlägst du auch. Ich hätte mit unserem Stifter-Programm weitergemacht.

Bertha, die im Unterschied zu Gertrud noch sehr gut und

schnell gehen konnte, etwas schief und mit eingezogenem Kopf wie jemand, der durch einen niedrigen Tunnel schlüpft und es rasch hinter sich bringen will (so bewegte sie sich auch durch das alte Haus, in früheren Jahren hatte sie auf Spaziergängen mit den an ihren Leinen zerrenden Hunden sich gutmütig den Wünschen der Tiere gebeugt), Bertha schnaufte, hörte sich aufsässig an: Er, wenn er eben mit mir in der Stadt gewesen wäre, er wäre wieder furchtbar unweihnachtlich widerspenstig geworden. Alles glitzert und blinkt, und die Musik klimpert und klingelt und säuselt, und eine Melodie übertönt die andere aus all den Buden und Kinderkarussells auf dem Weihnachtsmarkt, und er hasste es. Je älter er wurde, desto verbiesterter. Bertha lachte ein bisschen, hatte sich beruhigt.

Alte werden starrsinnig, sagte Gertrud. Der Tee ist fertig. Vielleicht sind wirs auch längst, vielleicht nicht starrsinnig, aber skurril. Er war so gern beim Tee dabei. Gertrud wusste, es war noch immer heikel mit Bertha, der schon wegen der gemeinsamen Ausgänge enger mit ihm Liierten, an Gefühlvolles zu appellieren. Lieber redeten sie beide über das Gute, das sein Tod mit sich gebracht hatte, ja, auch das Gute für Bertha und sie, und sie sprachen das jetzt sogar aus, eine Entlastung, was die zunehmende Beanspruchung durch krankenpflegerische Liebesdienste anging.

Sie addierten, was alles ihm erspart worden war. Wirkliches Siechtum. Schmerzen, gewiss musste es ihm da und dort wehgetan haben, aber er hatte sich nichts anmerken lassen, war bis kurz vor seinem Tod noch mit Bertha ausgegangen. Bertha sagte allerdings: Er kam ziemlich unwillig mit, mit den Beinen hatte er Probleme. Besonders rechts, bis rauf zum Hüftgelenk. Spätestens am Katasteramt wollte er umkehren. Tut mir nachträglich zu leid, dass ich ihn überredete und wir bis zum Friedhof schlichen.

Dort gefiels ihm doch aber, tröstete Gertrud ihre Schwester, die dann leicht ins Wimmern der Selbstanklagen verfiel: Ich war zu oft nicht nett genug zu ihm. Ich war zu selten geduldig, einfach sanft. Mit Genuss in ihre Zimtwaffel beißend und gleichzeitig die früh einsetzende Dämmerung, die ihre kleine warme Welt umschloss, fühlend, schaute sie in den grau-milden Nachmittag; eine Miniatur von Licht waren die kurzen vorweihnachtlichen Tage. Sie seufzte und fühlte sich wohl.

Ihre Schwester hatte offenbar die gleichen Empfindungen: Das Wetter hat was Mitleidiges, sagte sie, es ist melancholisch, es passt, und mir geht »Fremd bin ich eingezogen« schon seit dem Aufstehen im Kopf rum.

Und mir ein Gemisch aus »Kling, Glöckchen« und »Stille Nacht«: Bertha erinnerte an ihr Einkaufsopfer. Doch wunderte sie sich über ihr Glücksgefühl an diesem derart schlecht beleuchteten Tag, denn eigentlich war sie eine Sommerfreundin, Hitzewellen ausgenommen, eine Liebhaberin von Kumuluswölkchen am blauen Himmel und Teetrinken im Garten und, wie Gertrud auch, solang sie das noch konnte (und sie hielt bucklig gekrümmt das Martyrium aus, bis definitiv ihre Knochen nicht mehr mitmachten), eine passionierte Gärtnerin. Ihren Garten, nicht besonders groß, erweiterten sie mit dem Trompe-l'œil-Trick kreuz und quer verlaufender, scheinbar planlos durcheinandergedeihender Blumenzeilen (viele Sorten, etwas blühte immer zwischen Frühjahr und Spätherbst), Sträucher, Bäume, und eine Zeder tröstete dunkelgrün im kahlen Winter, den die Oleanderkübel im Keller verbrachten. Mr. Addams hatte (ohne Kommentar: kein Kompliment, nichts) den Garten geliebt. Oder ging es ihm, gleichgültig, in welcher Szenerie, nur um ihre Gesellschaft? Mahlzeiten, schließlich zur Diät heruntergekommen, Spaziergänge, er hatte das immer weniger gerngehabt, aber man konnte nicht herausfinden, ob er des Lebens selber leid geworden war, der Welt überdrüssig. Und was uns selber betrifft, fragten sich die Schwestern, wie denken wir, auch zwei Alte, darüber? Die Welt ist geschrumpft, der Lebensrest wird kürzer, aber wir haben es gern, wir hängen daran.

Was meinst du, sind wir zu alt? Zu alt für was? Wir *sind* zu alt, das sowieso. Aber ich dachte jetzt spezieller. An Weihnachten und an eine Neuauflage von Mr. Addams. Und ob wir dafür zu alt sind. Es gab Tage, an denen die zwei kummerfrei und fern finster auflebender Verlustschmerzen von ihm reden konnten. Es dürfte nicht schwierig sein, sich nochmals ein Herz zu erobern, einsame Alte gibts ja leider genug.

Nur, Alte sind dann doch wieder problematisch. Er könnte auch jünger sein. Oder sie. Eine *Sie*? Nein, ein Mann tut hier gut. Mir machte es Spaß, wenn er mir in der Küche Gesellschaft leistete, sagte Gertrud. Er verstand so gar nichts vom Kochen. Er verströmte Vertrauen und hatte immer Appetit, in seinen guten Zeiten. Vieles spricht für Alte. Mr. Addams hat in seinen jüngeren Jahren unsere Besucher mit seinem Misstrauen erschreckt, wer auch immer ins Haus kam, Mr. Addams mochte ihn nicht. Er war verdammt unfreundlich. Total unsere Partei, so wie eben er das sah. Bertha gestand, ohne ihn als Zuhörer müsse sie sich zum täglichen Klavierspiel einen Ruck geben: Der gute Kerl, wie viel Fehlermachen er hinnahm. Und wenn ich jetzt solo rausgehe, komme ich mir halbiert vor. Und auch richtig doof. So sitzengelassen. Alte-Jungfer-mäßig. Ich werde geh- und klavierfaul. Ich werde zu dick ohne ihn. Es wäre gut, wenn jemand da wäre, mit dem wir uns das Weihnachtsgebäck teilen müssten. Wir sind es längst, und das war Mr. Addams ebenfalls, sagte Bertha. Er wars auf andere Weise. Das glich sich aus. Wer weiß, wie ein Neuer wäre. Irgendwas fehlt diesem Tee, den Waffeln auch. Was hältst du von Rum? Viel hielt Gertrud davon, obwohl sie fand, Whisky passe besser: Gleich würde Bertha Dorothy Sayers vorlesen, schön altmodisch. Sie fühlten sich inspiriert. In das sanft mitleidige Wetter war Bewegung geraten, Sturm mit Regen, und jetzt tat es mal wieder ganz gut, ohne jede Verpflichtung im warmen Erker zu sitzen, nicht mehr vor die Tür zu müssen: Mr. Addams oder ein Neuer, sie hätten aber Bewegung gebraucht.

Pünktlich für *Kontakt! Kontakt!* saßen sie um 20 Uhr 15 mit den Dessertnäpfchen auf ihren Zuschauerplätzen, und wieder mal waren ein paar Angebote attraktiv, vor allem ein sogenannter Kurti, aber was sollten sie mit einem neuen

Hausfreund, der über alles gern Auto fuhr? Sie hatten nie ein Auto besessen. Er gefiel ihnen, und dass er gern schmuste, regte sie ein bisschen auf, und an, sagte Gertrud. Kinder waren für ihn ein Problem, das bei Gertrud und Bertha entfiele.

In seinem Fall engagierte sich die Moderatorin am gefühlvollsten (er war der Älteste in der heutigen Runde), vorweihnachtlicher ging es nicht (die Moderatorin erwähnte das *Wohlgefallen aller Menschen*, was eine Spur daneben war), und wünschte ihm Erfolg, damit Kurti doch noch zu ein wenig Glück in seinen letzten Lebensjahren käme, und Kurti sandte einen flehentlichen Blick an seine Betrachter ab. (Auch die Freundinnen hatten *Kontakt! Kontakt!* eingeschaltet und gedachten speziell bei Kurti der Schwestern: Er schien der passende Genosse. Noch war er sogar bis auf die üblichen Altersbeschwerden gesund.)

Zwei Tage später schneite es, wässrige Flocken taumelten aus tief gerutschter Bewölkung, als wären sie ihrer Sache noch nicht ganz sicher, aber am Boden tauten sie nicht. In der Mittagszeit schaute Frau Schnabel herein, Bertha zum gewohnten Schauplatz Küche folgend, wo Gertrud von einem Kopf Eissalat lange Blätter abzog. Frau Schnabel brachte den Schwestern interessante Kuchenreste von der Geburtstagsgesellschaft ihrer Nichte mit. Der Warenaustausch im Freundeskreis war ganz selbstverständlich, jede Lieferung stets willkommen. Frau Schnabel setzte sich, auf der obersten Stufe der Zwei-Stufenleiter Tripp Trapp, zu den beiden an den Küchentisch, und Bertha brütete vor einer Schüssel, umsäumt von Zutaten, über einem Rezeptbuch. Sie erklärte: Durch unsere Lektüre kriegten wir plötzlich furchtbar große Lust auf Plumpudding.

Vor hundert Jahren hab ich Plumpudding gekonnt, sagte Gertrud. In meiner englischen Zeit, wissen Sie?

Plumpudding soll sehr nahrhaft sein, sagte Frau Schnabel, bevor sie etwas Klatsch ablieferte, nichts Aufsehenerregendes dabei. Aber dann hob sie die Stimme: Ihr kennt doch Harry. Richtig junger Spund, und sehr gut aussehen tut er auch noch.

Uns gefiel gestern Kurti, sagte Gertrud. In *Kontakt! Kontakt!* Haben Sie es gesehen? Und den Kurti?

Habe ich. Nun, Kurti ist ziemlich alt, Sie wissen, was das heißt. Bald sitzt man mehr in Arztwartezimmern als sonst was. Wie auch immer, Harry kann wegen Isis Rückenproblemen nicht mehr bei ihr bleiben. Er ist einfach zur Belastung geworden, und sie möchte möglichst schon über Weihnachten, dass er anderswo auf seine Kosten kommt.

Die Schwestern begriffen sofort. Als Gertrud auf Berthas Gesicht die glücklich-ahnungsvolle Mixtur aus Erinnern und Zukunftsvision erkannte, warnte sie: Gegen Junge ist im Prinzip nichts zu sagen, aber aus dem Blickwinkel von uns Alten betrachtet, sind sie ziemlich anstrengend.

Man soll sich fordern, sagte Bertha.

Außerdem, sagte Gertrud und blickte elefantenäugig ernst auf ihre kleine alte eifrige Schwester, aus Treue zu unseren Eltern plus Kindheit und so weiter wollten wir dieses Jahr ein Bäumchen und Kerzen, all das, Mr. Addams war ziemlich allergisch, was Weihnachten betrifft, wir zwei sinds ja zwar auch, doch irgendwas hat gefehlt, wenn wir seinetwegen sämtliche Rituale sausenließen.

»Es ist ein Ros entsprungen« hatte er gern, sagte Bertha.

Er war sicher ein Atheist, und wahrscheinlich sind sie das alle, Harry auch, sagte Gertrud. Wie Sie meinen, Frau Schnabel klang beleidigt, aber jeder kanns wittern (sie schnupperte), dass Sie alle beide Gesellschaft brauchen, jetzt, wo der arme Mr. Addams fehlt.

Sie hat Recht, gibs doch zu, drängte Bertha, und Gertrud gab es zu.

Sie hat doch nicht Recht, behauptete Gertrud beim Nachmittagstee. Ihr Lamento, und so wie Frau Schnabel denken sicher alle über uns, es macht uns zu zwei alten Witwen. Es hat wie eine Lehre auf mich gewirkt. Wie Entziehung. Wie eine kalte Dusche. Bertha fielen noch garstigere Reaktionen ein, Gertrud auch. Kein Kurti, erst recht kein Harry. Es wird besser für uns sein, wenn wir uns nur noch um uns kümmern. Es hat ja schon mit dem Freiheitsgefühl angefangen. Und den lieben Mr. Addams wollen wir uns nicht ersetzen lassen, ginge auch überhaupt nicht.

Bertha las fast bis zur Entlarvung des bisher kaum wirklich verdächtigen Mörders Dorothy Sayers, kurz vorm Schluss pausierte sie, sah beim Blick übers Buch auf ihre krumme Schwester wie ein Kind aus, das schulfrei hat, und sagte: Genau jetzt müsste ich mit Mr. Addams rausgehen, und es wäre ziemlich glatt, puh. Schneit auch wieder. Ah, wie gut.

Und morgen schmücken wir unser Bäumchen, sagte Gertrud. Sie würden hübsche Postkarten und andere Firlefanzandenken dranhängen.

Gegen fünf am 24. 12. waren Gertrud und Bertha, beide zu lang auf ihren Mittagsschlaflagern hängengeblieben, noch verstrubbelt, als es an der Haustür klingelte. Sie streckten ihre Wuschelköpfe in geduckter Haltung vor, spähten; die Tür, halb geöffnet, wurde von einem Grüppchen Freundinnen ganz aufgerissen, ein fröstelnder Hund zerrte zurück, die Schwestern sahen nur seinen spitzen kleinen Kopf mit einem braunen Flecken im weißen Fell, links unterm Auge; es wirkte, als hätte ihn an dieser Stelle jemand verprügelt.

Fröhliche Weihnachten!, schmetterte der kleine Chor, der Hund kläffte im Sopran. Die Schwestern hätten ihn gern richtig betrachtet, aber ohne Absprache verweigerten sie ihm und den Freundinnen den Zutritt, sagten etwas streng: Danke. Danke gleichfalls, und sie waren noch zu verschlafen, um Besuch zu empfangen.

Er meint auch *Fröhliche Weihnachten*, sagte Olga Mieder.
Er ist unser Weihnachtsgeschenk, sagte Frau Schneider-Witt.
Er hat ganz wie Ihr verflossener Mr. Addams Arthrose. Und ein paar Magenprobleme. Kurti war nicht mehr zu haben, er ging von uns. Na ja, aber Hund ist Hund, stimmts?

Wau, wau, machte Gertrud.

Stimmt, sagte Bertha.

Lauras Weihnachtseinladung

»… und stell Dir vor, aber krieg bloß keine Skrupel, Du Armes, Einsames, plötzlich verwitwet und das zu Weihnachten … aber ich schweife ab: aus lauter Sorgenkummer. Also stell Dir vor: Wenn Du über Weihnachten unser Gast wärst, würde mein guter Gustav sogar darauf verzichten, wie sonst immer und wie in seiner Kindheit in der Weihnachtszeit seine Eisenbahn aufzubauen. Sie führt am Boden durch zwei Zimmer und die Diele mit dem großen Bahnhof. Eine echte alte kostbare Spur Null, falls Du was davon verstehst. Dein lieber Edwin wüsste sofort, von welcher Rarität ich da rede, und er wäre begeistert. Jetzt, wo es zu spät ist, fällt es mir wie eine Schuld ein, dass wir zu Weihnachten immer bei Euch waren und nie Euch zwei zu uns und dieser alten Eisenbahn eingeladen haben. Stattdessen haben wir uns von Euch und deinen genialen Kochkunsteinfällen verwöhnen lassen.

Versäumnisse, wohin man blickt, und sie machen mir zu schaffen. Ich stelle mir zu meiner Tröstung vor, dass Dein Edwin jetzt im wunderbaren Himmelreich mit meinem ältesten Bruder, der auch zu früh gestorben ist, sich angefreundet hat und mit ihm Eisenbahn spielt oder was sonst immer Vergnügliches macht. Ich rate Dir dringend zu ebensolchen kindlichen Imaginationen, sie sind sehr schmerzlindernd und helfen gegen elendigliche Ödnis der Hinterbliebenen.

Aber zurück zur Eisenbahn, auf die in diesem Jahr Gustav verzichten würde, Dir zuliebe, wenn Du unsere Einladung annimmst und Weihnachten, dieses schwierige Fest, mit uns verbringst, als Hausgast alle drei Feiertage lang. Vielleicht war es ja ein Fehler, jedoch sagte ich Gustav: Spielen passt nicht gut zu einem Witwenbesuch, zu Trauer und so weiter. Aber er redete mir gleich rein, behauptete, mit Besuch im Haus hätte er sowieso keine Lust auf die Eisenbahn. Das war natürlich eine Trotzreaktion, nimm es ihm nicht übel, Du weißt ja: Männer! Männer und Gefühle. Gustav hat etwas gegen alles Hochgeschraubte, doch erkenne das an: Verzicht bleibt Verzicht. Oder etwa nicht?

Stichwort Gefühle: Du müsstest Dich ein bisschen wappnen, ich meine: nicht gekränkt sein von einer gewissen Einsilbigkeit meines guten Gustav, den alles im Zusammenhang mit Trauer und erst recht mit Trauer durch den Tod innerlich verfrostet. Er hat keine Sprache dafür, er bemüht sich gar nicht erst um den richtigen Umgang, er ist blockiert, ich hoffe, Du verstehst, was ich da andeute.«

Es wurde dämmrig an diesem Nachmittag Mitte Dezember, und als es dann auch noch zu regnen anfing und als der Regen dicklich wurde und nach Schnee aussah und der dichte dunkelgrüne Kirschlorbeer jenseits des Souterrainfensters in der Dämmerung seine Konturen verlor, da verlor Laura ihre Schreiblust, und sie brauchte eine Gustav-Pause und Kaffee. Gustav hielt sich aus dieser etwas problematischen Einladungsangelegenheit heraus. Es war Lauras Idee, seine grundsätzliche Zustimmung hatte er gegeben, aber lustlos, und für Laura sah es so aus, als enttäusche die von ihm hochgeschätzte Weihnachtszeit ihn im Voraus.

Gewiss doch, auch er hatte Lily, die frischverwitwete langjährige Freundin, sehr gern, hübsch anzusehen war sie außerdem, und er verdankte ihr viele Gaumenfreuden. Und leid tat sie ihm auch, sogar den toten Edwin bemitleidete er, und wenn hundertmal Laura, vor allem beim Telefonieren mit Lily, die meistens weinte, beteuerte: Edwin geht es jetzt gut. Es hat mit dir nichts zu tun, sei nicht beleidigt, aber es geht ihm jetzt so gut wie nie zuvor auf Erden. Es geht ihm unvorstellbar viel besser als uns, als allen Lebendigen.

Mit solchen Beschwörungen war Lily, ohnehin eine Liebhaberin alles Übersinnlichen, vorübergehend zu trösten, Gustav aber nicht zu überzeugen. Zu seiner Entlastung hatte er von jeher den gesamten Themenkomplex Religiosität an Laura und ihre himmlischen Phantasien delegiert und davon profitiert. Ein ungewisses, aber gleichmäßiges und vertrauenerweckendes Geborgenheitsgefühl stand ihm dank Lauras Glauben beim Bedenken seiner restlichen Lebenszeit bei. Schließlich war er sogar ein Jahr älter als Freund Edwin.

Den Kaffee müsste ich dann immer für drei machen. Laura hatte sich zwischen zwei Seufzern vernehmen lassen.

Keine Tragödie, sagte Gustav, der seine Lektüre des heutigen Leitartikels nicht unterbrach.

Kaffee für drei, das bringt mit sich, dass ich die große Espressomaschine brauchte. Laura seufzte wieder.

Es entstand eine kleine Pause, während der Gustav zu seiner Lieblingslektüre vordrang. Er las sich ein bisschen ein, dann aber, um Laura nicht im Stich zu lassen, sagte er: Na und? Dann nimm doch die große. Er wollte seinen Artikel in dem Wirtschaftsteil *Geld & mehr* in Ruhe lesen! Aber nochmals Laura zuliebe raffte er sich zu einem Resümee auf: Hör zu, Schatz, hör gut zu. Erstens ist diese Lily-Weihnachtseinladung deine Helfersyndrom- und Kitschidee, allein deine, keinesfalls meine. Gutmütig, wie ich bin, habe ich eingewilligt. Zweitens wissen wir beide, dass Lily stören wird. Sie wird ganz ungeheuerlich stören, und wir wissen es beide. Sie stört ja jetzt schon, und zwar durch dich und dein ewiges Antizipieren. Dadurch, dass du unentwegt voraussiehst, dass sie stört. Vermutlich dich noch viel mehr als mich. Fazit: Furchtbar einfach, da wieder rauszukommen. Furchtbar einfach, wir laden sie gar nicht ein. Das kränkt sie nicht, weil sie ja überhaupt nichts von ihrem Glück ahnt. Sie rechnet mit nichts. Alles klar?

Furchtbar einfach, furchtbar einfach! So klingt es bloß, und wahrscheinlich ist es für dich so einfach. Du hast nicht mit meinem Gewissen gerechnet! Was ist mit meinem Gewissen?

Laura merkte, dass sie den Anblick des dicklichen Regens vergeudete, und außerdem schien Gustav, ermüdet von dem Hin und Her, den Fall für erledigt zu halten, zumindest für heute. Er wollte seinen Artikel, denn es war seiner, er entstammte seiner Feder, von nun an unbehelligt weiterlesen. Die Beiträge, die er selbst geschrieben hatte, interessierten ihn immer am meisten. Zu seinem eigenen Glück schwächte sich dieser Stolz auf seine Machwerke, wenn er sie gedruckt sah, nicht ab. Er konnte sich nicht daran gewöhnen, dass er zählte, auch er, dass er dazugehörte. Er schrieb als freier Mitarbeiter für eine Sonntagszeitung, und folglich war er beinah jeden Sonntag zumindest partiell glücklich und immer noch und immer wieder verwundert.

Laura musste strategisch vorgehen. Über ein Thema, das auch ihn anging, würde sie zum Weihnachtsdilemma vorstoßen. Was war mit dem Kirschlorbeer? In seinem tiefgrünen Dickicht, drei Mann hoch, beunruhigten sie seit dem dürren Sommer immer mehr braungelb verfärbte Blätter. Wenn der vierstämmige Kirschlorbeer krank wäre, verlören sie ihre wundervolle laubreiche Abriegelung gegen die Schumannstraße.

Ich musste vorhin wieder an den Kirschlorbeer denken, sagte Laura. Was hältst du von einem Fachmann? Ich meine, dass wir einen hinzuziehen, und der sagt uns dann, was los ist?

Kein Druckfehler drin diesmal. Gustav klang befriedigt. Er ließ die Zeitung sinken, schnitt sich einen Prince-Charles-Ginger-Cake aus der Plastikhülle, und bevor er abbiss, hielt er sich ein Tellerchen unters Kinn, denn die Cakes waren buttrig-mürbe und krümelten daher. Er lobte Laura: Gut, dass du wieder auf dem Boden bist. Auch der Kirschlorbeer wird sich erholen. Warten wirs ab.

Laura empfand das Behagen dieser Augenblicke, aber wieder entlockte es ihr ein Seufzen, diesmal ein schmerzlich-wohliges, und sie sagte: Wie gemütlich, falls das Schnee wird, wäre es ohne sie. Ohne Lily. Ohne jeden. Gustav, wir sind Einzelgänger geworden, mehr und mehr mit den Jahren. Ist das nicht riskant? Müssten wir nicht dagegen angehen? Schau nur, diesmal ist es Schnee!

Bis Weihnachten gibt es noch x Wetterwechsel, sagte Gustav. Und wir müssen gegen gar nichts angehen.

Vor lauter Unlust, den Brief an Lily fortzusetzen, entschied Laura sich schon gegen sechs Uhr für die Küche. Es gäbe ein annähernd richtiges Abendessen, das sie trotzdem, ausgeteilt in zwei antike Bowlchen, vor dem Fernsehapparat genießen könnten. Bei dieser Planung fiel Laura wieder Lily als Hausgast ein. Sie müssten am Esstisch sitzen, aber um *was* zu essen? Etwas, was nicht *annähernd* richtig war. In Gustavs Gesellschaft zu seufzen war ergiebiger, und deshalb seufzte Laura jetzt nicht. Die Küchenarbeit lenkte sie ab. Sie öffnete zwei Konservendosen, was ausnahmsweise ohne Gustavs Hilfe gelang, Kidney-Bohnen, Thunfisch, vermischte sie in einer Schüssel und würzte sie mit einer Tomate, einer Paprikahälfte und einigermaßen feingeschnittenen Zwiebeln, mit ein wenig Balsamico-Essig, Olivenöl, etwas Maggi, Pfeffer, Salz. Die hausfrauliche Laura überraschte Gustav, als er ihr einen Kurzbesuch abstattete, um sein Sechs-Uhr-dreißig-Bier zu holen. Erstaunlich war auch, nach sechs Laura noch in ihrer Tagesbekleidung anzutreffen: Üblich war um diese abendliche Zeit ihr Auftritt im Bademantel. Als Gustav sie darauf aufmerksam machte, klagte sie: Auch das werde ich mit Lily abends nicht beibehalten können! Gustav, ich fürchte außerdem, ich tue es nicht spontan genug, wenn ichs tue, sie einladen. Gute Werke übrigens sind Gott egal. Gott verteilt keine Zensuren. Allein der Glaube zählt.

Pass lieber auf mit dem Salz, sagte Gustav.

Weißt du, was ich über mich herausgefunden habe? Laura verteilte ihre Kreation gerecht in die zwei Bowlchen. Ich habe herausgefunden, dass ich selbstlos bin. Und zwar verblüffenderweise, weil ich neidisch bin. Du hörst das nicht zum ersten Mal, aber wirklich, Neid nagt an mir, vorübergehend. Lily zum Beispiel hat doppelt so viele Haare auf dem Kopf wie ich, und sie glänzen sogar. Na egal, kurzum, ich bin immer mal wieder auf dies und jenes neidisch und deshalb selbstlos. Ich verstehe es auch nicht, aber es ist aus einem Artikel in den Gesellschaftswissenschaften.

Das Bier nützte Gustav gegen Ungeduld, aber nach ein paar schwer zu interpretierenden Heiterkeitsgeräuschen zog er vorsichtshalber ab, und Laura vergaß etwas später bei Flutkatastrophen und erst recht bei »Wer wird Millionär«, Doppelfolge, ihr Lily-Problem.

Weil sie aber anerkannterweise selbstlos war und beeinflusst von einem Telefonat mit Lily, die wieder meistens geweint hatte, schrieb sie am Nachmittag des nächsten Tags weiter am Einladungsbrief, und kein Regen wurde dicklich, die Sonne schien belanglos.

»Die braungelben Blätter im dunkelgrünen Dickicht unseres hochgewachsenen Kirschlorbeers beunruhigen uns, und denke nicht, was hat das mit mir und meiner Trauer zu tun, denn beim Hinausschauen auf unsere Pflanzenabsperrung gegen die Schumannstraße fiel mir vorhin seltsamerweise des lieben Edwins jährlicher Balkon-Christbaum ein: Wie stolz er doch immer auf ihn war! Einen Christbaum müsstest Du bei uns vermissen, wir stellen immer nur so ein drolliges Glitzergesteck aus unserer Romzeit auf, Jahrzehnte her. Dafür aber, und das ist wichtiger, dominiert unser Weihnachtsarrangement auf der Schreibplatte des Barockschranks, eine Original-Krippe, und auf die allein kommt es an.

Ich fing diesen Brief mit der Eisenbahn und Gustavs Verzicht auf sie an, aber ich übrigens, mein Liebes, ich verzichte auch, und zwar verzichte ich auf mich selber. Ich verzichte auf mich beim Anschauen des Schneegestöbers, für den Fall, dass es schneit, also beruhige Dich, mach Dir nichts draus, wir haben hier ja selten Schnee an Weihnachten. Ich fürchte, ich bin ein schwieriger Mensch, zusammen mit andern nie vollkommen ich selber, immer Schauspielerin, anderen zuliebe, damit ich ihnen als schwierig gar nicht erst auffalle. Solltest Du bei uns sein, und vergiss nicht, Du bist nach wie vor aufs Herzlichste eingeladen!, so verzichte ich auf meine Rolle, die ich im Zusammenleben mit Gustav spiele, und die ist oft ein bisschen babyhaft, vor allem bei Schnee und Weihnachtsliedern aus dem Kirchengesangbuch. Nun gut, ich werde eine neue Rolle spielen, mich selbst spielen im Dreiergespann Gustav, Lily, Laura, und das alles in diesem besonders prekären Syndrom Weihnachten plus Edwin im Himmelreich. Letzteres sollte uns ja alle überglücklich machen, und doch, er wird, indem er nicht da ist, dauernd da sein.

Außerdem sollten wir uns vor der Trauer nicht drücken, trotz aller Hoffnungen, die wir uns für unsere geliebten Toten machen. Das wird ein ständig störender Widerspruch zu Weihnachten sein, diesem fröhlichen und ermutigenden Fest, stimmts, Du Armes? Weil ich mich gerade mit Gottfried Keller beschäftigt habe: Er entschied sich für eine strenge Trauer, er hat sein Unglück als gerecht empfunden. Im Alter schrieb er an einen Freund: ›… aber wer wollte am Ende ohne diese stille Grundtrauer leben, ohne die es keine rechte Freude gibt?‹ Bist Du schon so weit, dass Du dem zustimmen kannst?

Wirklich, ich möchte Dir eine einsame Weihnachtszeit ersparen, Dich ablenken, verwöhnen (könnte ich nur kochen!), falls so etwas wie Ablenkung überhaupt denkbar ist. Mich könnte, im umgekehrten Fall, also mit Gustav als dem Gestorbenen, nichts und niemand ablenken. Lass Dich davon nicht beeinflussen, die Menschen sind verschieden. Übrigens wäre Dein Besuch ein permanentes Memento mori. Kann mir ja nicht schaden, ich lebe überhaupt zu oberflächlich, fahrlässige und schlampige Gebete, nichts, dessen ich mich rühmen könnte. Selbstverständlich würde Deine Anwesenheit mich immer daran gemahnen, was mir eines Tages bevorsteht, an mein Verlustelend wäre ich immerzu erinnert. Sowieso treibt mich mindestens dreimal pro Tag die Frage um: Wer stirbt zuerst? Nebenbei: Ich an Deiner Stelle bliebe lieber allein in meiner Behausung.

Meine liebe kleine neue Witwe, ich habe eingefleischte Rituale und feste Gewohnheiten bei mir bemerkt, jetzt, beim Bedenken Deines Aufenthalts bei uns (Du bist trotzdem weiter herzlich willkommen, lass dich nicht abschrecken!), die mir nun erst als Gewohnheiten auffallen, und alle sind mir überlebensrettend wichtig, und ziemlich viele sind etwas peinlich. Sie betreffen, worüber man nicht spricht. Mir fällt dazu vornehmlich das lästige Abfragen morgens und abends ein: Wer geht und wann als Erster ins Bad (WC!). Ich sehe mein Verdauungsproblem voraus. Verdauung: Ich brauche über den Tag verteilt ein paar Maßnahmen, die ich, mit Dir als potentiellem Übernachtungsgast, also insgeheim werde ergreifen müssen. Verzeih mir so etwas, aber nur scheinbar, Banales, es ist ja nichtig, verglichen mit Deiner Seelenbetrübnis. Ich hätte es gar nicht erwähnen dürfen.«

Kein Regen, schon gar keiner, der dicklich und grau zu Schnee werden könnte, als am dritten Advent Laura mit ihrem Brief nicht weiterkam. »Eure Lindigkeit lasset kund sein allen Menschen« ging ihr durch den Kopf, eines ihrer Leitmotive aus ihrem Psalmenfundus, sie schrieb ihn als Schlusswort unter den Lily-Brief und darüber: »Deine erwartungsvolle Laura.«

Zwei Tage später sagte Lilys Tränenstimme: Ich komme!

Weihnachten wird diesmal richtig schön

Schau her, Paul, was siehst du da? Pauls Mutter unterbrach ihr Gewusel zwischen Herd und Frühstücksplatz in der Küche, drehte sich um zu ihm, der auf der Schwelle stand: lustlos verschlafen, obwohl es ein Sonntag war. Paul brauchte Ruhe und begriff, dass es mit der nichts würde, wenn die Mutter sich jetzt schon so aufgekratzt benahm.

Na los, Schatz, was siehst du da?, drängte sie.

Wo denn, da? Paul spürte die Wachsamkeit seines Vaters und dass der seine Zeitungslektüre nur simulierte, und nun hinge alles davon ab, wie er, Paul, eine gerechte Balance zwischen den ungleichen Konkurrenzstimmungen der Eltern hinbekäme.

Hier, genau vor dir, in der Mitte vom Frühstückstisch.

Eine Kerze.

Eine Kerze, eine Kerze, ganz genau. Und diese Kerze brennt.

Advent, Advent, kommentierte Pauls Vater, seine Stimme hörte sich nicht vielversprechend an, und Paul wusste, warum. Seine Mutter war auf ihrem Carpe-diem-Trip, und das passte Pauls Vater gar nicht. Paul, schon weil er die Dissonanz witterte, auch nicht. Nur dumm: Er konnte das nicht klären, seine Mutter meinte es gut, sie sagte gelegentlich, sie fühle eine missionarische Pflicht, und die lehnte der Vater ab; Paul aber musste für den Familienfrieden sorgen. Er war nicht mehr verschlafen, doch noch lustlos, weil er wieder einmal aufpassen musste.

Und, was sagt dir diese brennende Kerze? Die Mutter rührte Vanillezucker in die Milch ein.

Advent, Advent. Paul fand sich bei der Nachahmung seines Vaters ein bisschen gemein, aber vielleicht würde etwas Ulk die Mutter entspannen.

Advent, o. k., und mache ich das etwa sonst? Nein! Ich habs bisher nie gemacht, aber dieses Jahr mach ichs, ich werde total angepasst sein. Kein Gemecker wegen Weihnachten, nichts und nie. Die Mutter stand hochgereckt wie eine Gymnastiklehrerin da, die zur nächsten Übung aufforderte. Sie wartete auf Applaus. Auf irgendetwas. Lahme Schüler. Bei einer ähnlichen Gelegenheit hatte sie früher gerufen: Was hab ich nur für Männer! In dieser Familie bin ich die Einzige mit Feuer. Mit zwei Zombies bin ich gestraft.

Und jetzt gleich würde sie sich zu Paul, der vor seinem Teller saß, beugen und in ihn dringen: Genießt du es? Genießt du die Kerze? Den ersten Advent? Freust dich auf Weihnachten? Und sie tat es, sie fragte, zog das Fazit: Ich rate dir, tu es! Genieß es!

Wenn du das kommandierst, wird ers kaum schaffen, sagte der Vater.

Ich kommandiere nicht, ich rede ihm zu, und zwar weil ich sein Bestes will.

Zum Glück wissen wir das.

Paul hörte so etwas wie eine Drohung mit. Er hoffte, sein

Vater würde aufhören, seine Mutter einfach weitermachen lassen, wenn sie nicht, was entschieden besser wäre, auch aufhören konnte. Ihm fiel ein anderes mütterliches Kommando ein, und obwohl er es ihr zuliebe befolgen wollte, ging es doch immer wieder schief damit, er nannte den Vater nicht Phil und die Mutter nicht Ronda. Er ließ die Anreden einfach weg (was schwierig war, wenn man nach jemandem rufen wollte). Guter Einfall zum Friedenstiften, und lachen müssten die zwei auch, also rief Paul: He, *Ronda*, ich genieße die Kerze, aber *Phil* mag, glaub ich, keine. Und wie es aussah, hatte es wunschgemäß funktioniert, *Phil* grinste ihm zu, *Ronda* umarmte ihn rapide und von hinten, nur kurz, womit sie recht tat.

Die Ruhe dauerte bis zum Nachmittag. Weil Sonntag war, saßen die drei im sogenannten Billard zusammen. Billard wurde nie gespielt, doch der Tisch, die Kugeln, die Queues waren ein Gewinn für das Zimmer. Es gab Tee und dazu mit Nusspaste gefüllte Waffeln, und alle lasen. Paul in der *New Geographical*, die sein Vater abonniert hatte. Der arbeitete sich durch Zeitungsstapel, sonntags studierte er, wozu er in der Woche nicht kam.

War ihr Buch langweilig? Weil Pauls Mutter aufhörte zu lesen und zu Paul sagte: Genieße diese vorweihnachtlichen knisternden Minuten, versäume keine, sei neugierig, Darling! (Ihr Buch war amerikanisch.) Es fing also wieder an mit ihrem Trip. Sein Vater wurde unruhig, und Paul dachte: Jetzt ist er *Phil*, und sie ist *Ronda*. Phil, einer dieser Ehemänner, die gern ihre Ruhe haben und dauernd von ihren Ronda-Ehefrauen gestört werden. Paul hielt es für klug, beiden zu Hilfe zu kommen, und obwohl es am einfachsten gewesen wäre, sich zu verziehen (jetzt gleich zu Florian, für später stand der sowieso auf dem Programm), sagte er: Alles in Ordnung. Ich genieße es. Ich machs auch an Weihnachten, das Carpe dingsdabumsda. Mit einem kräftigen *Ronda* schloss er ab.

O du fröhliche! Deine allerbeste Zeit ist ja leider um, die Babyzeit, aber es ist immer noch eine gute Zeit. Nicht mehr lang, und das Weihnachtszimmer ist zugesperrt!

Ich weiß. Ich passe auf und genieße es.

Der Vater hätte sich bei so viel Diplomatie Pauls da heraushalten können, aber der war ein richtiger *Phil* und stur, weil seine *Ronda* ihm die Nerven zerfetzte. Anstatt weise den Mund zu halten, besah er sich die Lage skeptisch und konnte nicht anders: Ronda, wie fändest du das, wenn du deine guten Wünsche für dich behalten könntest? Du setzt ihn unter Druck, jetzt mit der Weihnachtlichkeit, falls er den ganzen Spuk überhaupt versteht.

Phil, ich verstehs, was *Ronda* meint, sagte Paul, der sich souverän vorkam. In ihm regte sich ein merkwürdiges Gefühl, irgendwas zwischen Überlegenheit und Mitleid. Beides vermischt und für alle beide. Die Verteidigungstiraden seiner Mutter hatte er oft gehört: Ich will nun mal, dass mein Sohn wirklich das mitkriegt, was wir Erwachsenen viel zu spät kapieren. Als das Glück stattfand, haben wir es verpasst. Es ist zum Heulen schade drum. Mir gehts um Bewusstmachung, wisst ihr? O Augenblick, verweile doch … darum gehts. Und der erste Mensch, der mitkriegt: jetzt, genau jetzt, das ist das Glück, was zurzeit die vorweihnachtliche Stimmung wäre, dieser erste Mensch wird mein Sohn sein, vielleicht außer Goethe.

Unser Sohn, oder?

Beider Sohn hörte zu, diesmal ohne Schlichtungsidee. *Genau jetzt, das ist das Glück*, empfand er nicht. Seine Mutter hatte ihm erzählt, dass sie ihm schon, als er noch ein argloses Baby gewesen war, über seinen Gitterstall gebeugt, eingetrichtert hatte: Genieß es! Fass deinen wundervollen kleinen runden Körper an, genieße ihn, krieg sie mit, deinen Egoismus und deine Verantwortungslosigkeit und dass du noch kein Gewissen hast! Es wird deine beste Zeit gewesen sein. Mit drei musste er vom ersten Advent an das Weihnachtsglöckchen umhängen und bimmelte bei jedem Schritt: Freu dich auf Lichter, Lieder, Spielsachen! Mit vier stopfte er es sofort im Kindergartenklo in die Hosentasche. Irgendwann verstand sie, dass er sich genierte, sagte: Der Niedergang setzt ein, sobald du unter die Menschen geworfen wirst. Es kommt Schlimmeres: der Schulhof, Sport, die hässlichen Prügelszenen und dann die unappetitliche Pubertät. Und doch, es ist immer noch das Glück, etwas ramponiert, aber das Glück, denn du hast keine Todesangst. Und Weihnachten, *ich* mags nicht mehr, aber *du* bist noch im Alter dafür, also genieß es.

Paul fand seine Mutter prinzipiell in Ordnung, nur zu oft ganz schön anstrengend. Und wenn sie damit recht hatte, dass die Kindheit und die noch viel bessere Babyzeit (trotz allen Zuredens: null Erinnerung) das Schönste in seinem Leben waren, gab es wenig Grund zur Zuversicht. Wenn das jetzt überhaupt noch Kindheit war bei ihm, passte ihm vieles daran ganz und gar nicht. Er musste viel zu früh aufstehen, damit fing schon mal ein Tag an. Und für ihn, der sich sein gezähltes, schrumpfendes Glück in jedem Augenblick Kindheit bewusst machen sollte, überwand sich die Ärmste, die Übereifrige, die Ronda-Mutter, und benutzte, obwohl ihr davon schlecht wurde, schon morgens um sieben ihre Stimme. Am Montag nach dem ersten Advent mit einem Adventslied: »Die Tage sind so dunkel, die Nächte lang und kalt ...« Sie klang klimpernd, war fast noch so schläfrig wie er. Das Lied ginge ihm bis in die ersten Schulstunden im Kopf herum, und das könnte nützlich sein. Wie ein ferner Trost. Paul hatte die meisten Melodien aus dem Gesangbuch gern, und »Die Tage sind so dunkel« gehörte zu seinen Lieblingsliedern. Trotzdem irritierte ihn das Vorsingen. Er musste sofort an Florian und an ein paar Halb- und Mittelfreunde denken. Er war nicht wie die andern, und seine Mutter war nicht wie andere Mütter. Er würde sie nie verraten. Zu viel aber musste er geheim halten. Bei »... doch übet Sterngefunkel noch über uns Gewalt« kickste ihre Stimme, seine Mutter musste sich räuspern, und wahrscheinlich gings ihr richtig dreckig. Ihre innere Uhr stand noch auf Nacht, wenn sie Pauls Zimmertür öffnete und ihm, zwar gebremst, aber schon mit Furor zurief: Freu dich auf jede Stunde! Es wird ein guter Tag ohne existentielle Probleme. In fünfzig Jahren wirst du nur deshalb wissen, dass du noch lebst, weils dich da und dort zwackt und piesackt, und zwar auch in der Seele. Enjoy your time! Carpe diem! Dann sang sie: »Macht hoch die Tür ...«, und als sie bei »Herrlichkeit« war, rief vom Bad her der Vater: Gehts auch weniger überspannt?

Paul begriff, dass es die Eltern, jeder auf seine Weise, gut mit ihm meinten, dass all das Liebe war. Aber Kindheit? Ihn machte sie wirklich nicht überglücklich. Du *bist* es, behauptete die Mutter, ich sorge dafür, dass du es nicht erst merkst, wenn du es nicht mehr bist. Davon war sie nicht abzubringen, trotzdem war es ein paar Tage später, auf die aus Träumen aufstöbernde Stimme der Mutter mit dem Weckruf »In dulci jubilo« hin, das Erste, was er sich abzuringen zwang: Was soll schön dran sein, dass ich aus dem Tiefschlaf gerissen werde? Wegen der verdammten Schule? Was denn?

Seine Mutter wurde von seinem Vater dabei erwischt, wie sie sich, und auch sie überrumpelte ja ihre Schläfrigkeit, auf den zur Wand gekehrten Paul unterm bis über die Nase gezogenen Plumeau stürzte: Oh, ihn wach küssen würde sie wollen! Bei aller Liebe – besser war es, schnell vorher aufzustehen. Der Vater gab einen Knurrlaut von sich und verzog sich mit den Worten *Lass ihn doch* und *Bad ist frei*.

Schön dran ist, dass du, nach übrigens schönem Schlaf, und der ist später mal nichts Selbstverständliches mehr, dass du Lust hast auf deine Cornies in Vanillemilch, und auch dein Appetit ist so wenig selbstverständlich wie die gute Nacht vorher. Genieße es! Dir ists nicht übel! Dein Gewissen plagt dich nicht! Wunder über Wunder!

So früh am Tag strapazierte das Glücks- und Genuss-Erziehungsprogramm der Mutter Paul ganz besonders. Sie täuschte sich über seinen Magen: Derart eifrig beobachtet wie ein Laborversuchstier, würde ihm vom nächsten Löffel an saumäßig übel. Trotzdem, was sie mit ihrem Carpe-diem-Trip bezweckte, verstand er mittlerweile gut. Die Älteren, befreundete Ehepaare (meistens die Frauen), und die Großeltern redeten viel über Krankheiten. Wahrscheinlich sollte man wirklich versuchen, irgendwas zu genießen …, aber hier fingen die Komplikationen an. Musste man nicht vielleicht überhaupt besser gar nicht erst merken, dass man in einem bestimmten Moment glücklich war? Paul hatte es andersrum probiert, sich in der Zirkusloge bei der Raubtiernummer ins Knie gekniffen und war sich nicht sicher gewesen, ob das nützte oder bloß ablenkte.

Als seine Mutter wieder einmal ihr diesjähriges Weihnachten ohne Gemecker verhieß, meinte sein Vater: Mach uns keine Angst. Er klang warnend: Angst vor der Zukunft machst du Paul sowieso mit deinem ewigen *Jetzt jetzt jetzt, genieß es, es geht vorbei*. Ich fürchte, es ist die falsche Weichenstellung für die kommenden Jahre. In seinem Alter freut man sich aufs Erwachsensein.

Ich habs verpasst, wie man sich als Baby im Kinderwagen fühlt. Es muss ultimativ gewesen sein. Mir hats keiner bewusst gemacht. Jedenfalls hab ichs bei Paul versucht.

Und trotzdem hat er nicht den Schimmer einer Erinnerung.

Wenn sie auch mit ihren Streitszenen, ganz Phil, ganz Ronda, Paul zu schaffen machten, *so* feinfühlig blieben sie immerhin, sich nicht anzukeifen und vor allem ihn, Paul, nicht je auf ihre Seite als Parteigänger zu lotsen.

Weihnachten wird diesmal wirklich schön. Pauls Mutter schien in sich hineinzublicken, laut zu sinnieren.

Überfordere uns alle besser nicht mit deinen guten Absichten.

Ich plante, Diverses zu backen. Ich plante auch eine Pute. Allerdings, der Backofen ist verrottet.

Gute Nachricht.

Ach, armer Phil, arme Ronda. Paul bot an, einen Wunschzettel zu schreiben wie als Kind. Seit zwei Jahren bekam er Geld. Selbst die Großeltern fragten nur vor Geburtstagen noch nach Wunschzetteln.

Tu das. Die Mutter hörte sich etwas lahm an. Sie hasste Einkaufen. Nach der Arbeit übernahm das der Vater, vieles kam per Bestellung oder von *Väterchen Frost* mit den Gefriersachen.

Beim Abendessen sang die Mutter, die mit dem Messer Makrelenstücke von der Haut schob, »Stille Nacht« und hörte nur auf, um zu sagen: Seit ich die Mittagsschlafsucht habe, stelle ich mir die Ewigkeit so vor: Totales Reinkuscheln in glückliches Körper- und Seelengefühl. Aber bewusst. Damit ich es genussvoll mit dem Jammertal vergleiche. (Paul sah in einem Schnappschuss die Mutter, im Monsterkinderwagen durch himmlische Sphären kutschierend.)

Kaum noch eine Woche bis Weihnachten, aber seit eine Freundin den Backofen betriebsbereit gesprayt hatte, schwieg sich die Mutter über ihr Festverhalten aus und backte nicht mal. Hatten ihre Zombies sie gekränkt? Paul riskierte einen Test: Florians Mutter hat schon vier Plätzchensorten gemacht. O verdammt, erinnere mich nicht an Weihnachten, verdammt! *Rondas* Ausbruch reizte *Phil* zu einer kurzen Gesangsparodie (»… o du selige Weihnachtszeit …«) und erschreckte Paul, der sagte: Ist doch egal. Gekaufte schmecken sowieso besser. Den nächsten Test platzierte er noch dichter vor den 24. 12.: Bei Florian gibts einen Adventskranz an der Haustür, den andern innen.

An der Haustür! Kitschig! Und innen, ach, wo auch immer, Kränze sind sowieso heidnisch, Bäume auch, aber den kriegt ihr, eine Mammutnummer von Baum, schmetterte *Ronda*. Hatte sie vergessen, dass Paul seine Kindheit genießen sollte? Endlich kapiert, dass er längst kein Kind mehr war? Sondern in der Pubertät, die sie unappetitlich genannt hatte (und er verstand, warum)?

Es wurde kälter, der Himmel sah, düster bewölkt, interessant aus. Im Stillen (den Eltern machte Schnee nur Ärger: Wegschaufeln, Autofahren) wünschte Paul sich auf dem Rückweg von seiner (un*genießbaren*!) Klavierstunde dichten, schweigsamen Schneefall. Er genehmigte sich für den Tauschhandel Mathematik-Aufgabe – Deutsch-Aufsatz einen Abstecher zu Florian. Er ahmte gern, ihn aufbessernd, Florians ungeschickten Stil nach. Im ganzen Haus roch es nach Geback, heißem Zimt. Das Weihnachtszimmer ist schon abgeschlossen, berichtete Florian. Er und seine Schwestern bekamen noch richtige Geschenke. Paul tat so, als lege er darauf keinen Wert.

Da bist du ja endlich, Schatz, rief ihm die Mutter aus ihrem Arbeitszimmer zu; für *Das geht Sie an* beantwortete sie Leserinnenpost. Genieß das warme Haus, Liebling! Paul rief: O. k. Aber warum stand sie nicht in der Küche wie Florians Mutter? Jetzt erst sah Paul den Baum. Er versperrte die Garderobe, obwohl seine Äste noch zusammengebunden waren. Trotz seiner Höhe, die ihn zur versprochenen Mammutnummer machte, wirkte er etwas spillerig.

Hast du den Baum gesehen?, rief die Mutter. Und noch ein Monstrum ist eingetroffen, die Pute! Sieht aus, als wäre sie geklont. Wir werden bis über Neujahr dran essen. Sie spähte aus ihrem Zimmer. Ist das alles nicht schön? Richtig wie Weihnachten? Genießt du es? – Mach ich, sagte Paul, und beim Abendessen wieder. Er sah nacheinander in die Gesichter der Eltern. Beide kamen ihm überanstrengt und blass vor, trotz rötlicher Pünktchen auf der Haut, beide hatten genug von Offensive und Defensive, und beide fand Paul plötzlich so seltsam klein, dass er, sehr widerstrebend und schon wie von ihnen infiziert, denken musste: Nicht glücklich, sie sinds nicht, keiner hier ist es. Schnell sagte er: Prima Baum. Bin gespannt auf die Pute. – *Ich auch*, hätte der Vater, *Phil*, jetzt nicht sagen sollen. Er meinte es anzüglich. Er war neugierig, wie sie, *Ronda*, mit dem Tier fertig würde. Und schon seufzte sie: Großeltern sind auch nicht mehr, was sie früher waren, früher kam meine Grummi mütterlicherseits ins Haus und kümmerte sich um die Gans. Früher wars die Familie, für die Großeltern sich interessierten. Heute fliegen sie nach Gran Canaria beziehungsweise machen Studienreisen in die Lausitz oder nach Bethlehem. Du musst dir bald dein Geld abholen, Paul. Noch ein Seufzer vor der Umbesinnung, sie zitierte: »... genieße froh, was dir beschieden, / Entbehre gern, was du nicht hast ...« – »Wir sind im Krieg und nicht im Frieden / Bedenke dieses, lieber Gast«, setzte der Vater Goethe und die Mutter fort. Und er wollte es ganz und gar nicht, doch Paul fand sie beide ziemlich kläglich.

Am 21., als die Mutter links oben am Mammutbaum (mit abgesägter Spitze) beim Dekorieren mit Lametta und bunten Kugeln Nachschub brauchte und die zwei Stufen des Küchentritts rückwärts nahm, zog sie sich, weil sie einknickte, am linken Knöchel einen Sehnenriss zu, der am 22. operiert werden musste.

Ich bleibe über Weihnachten im Krankenhaus, verkündete sie, tut mir so leid für euch, aber ambulant zahlt die idiotische Kasse nichts. Genießt es trotzdem. In Zimmer 305 lächelte sie ihren Männern zu, in ihrem Bett sah *sie* nach Genießen aus, und ihre Zuschauer gönnten es ihr.

Und sich selber. Die Lage war entspannt, und zwar für alle drei. Paul gefiel die Männerferienwirtschaft, befreit von jeglichem weiblichen Theater. Tagsüber war er oft mit Florian und ein paar anderen zusammen, viel los war nicht, und abends packten er und sein Vater, zwei Partner, sich, wonach sie Lust und was sie bei den Vorräten gefunden hatten, auf große Teller, Paul verzehrte ansehnliche Eisportionen, und später trank er etwas Bier mit; sie saßen in Aussichtsposition, Blickrichtung Mammutbaum, der nur oben links, aber da reichlich überladen, geschmückt war, wodurch er wie ein von einem glitzernden Wurfgeschoss getroffener Verwundeter wirkte. Kerzen hatte die Mutter schon vor dem Unfall überall verteilt, aber sie zündeten sie lieber nicht an. Das holen wir mit ihr nach, sagte der Vater. Und die Pute, die auch. Wir heben sie für sie auf.

Das wäre ein bisschen gemein, sagte Partner Paul. Ich glaube, sie will, dass wir sie machen. Ich meine nur … weil …

Weil was?

Sie weiß nicht, wie es geht, eine braten. Und was hineinkommt.

Der Vater hatte ernsthaft zugehört, wortlos begruben sie das bleiche, zum Schutz vor der kalten Erde in ein Frottiertuch gewickelte Tier im *Wildnis* genannten Teil des Gartens; der Boden war weich, das einzig Gute daran, dass kein Schnee gefallen war. Ihre schweigsame Arbeit beim Einsetzen der Dämmerung fühlte Paul als männlichen Moment, er genoss ihn nach dem Rezept seiner Mutter, während er stattfand, als geheime Übereinkunft zwischen Männern.

Und genau an diesen Moment musste er denken, als in Zimmer 305 beim Mittagsbesuch am zweiten Feiertag die Mutter anfing, »Mit Ernst, o Menschenkinder« zu summen, ein anderes von Pauls Lieblingsliedern, dann abbrach mit einem Blick aufs zweite Bett im Zimmer. Es war heute belegt. Die Frau darin, leer angestarrt von ihrem Mann, und beiden fiel nichts zu reden ein, verstand Pauls Mutter, sie sagte: Machen Sie ruhig, uns störts nicht.

Dass trotzdem die Mutter nicht weitersummte, fand Paul besser. Habt ihr noch Gebäck?, fragte sie. Gekauftes ist besser, stimmts? Sie grinste Paul an, der daran glaubte, gestern nicht gelogen zu haben, als sie sich nach der Pute erkundigt und er *Der gehts gut* geantwortet hatte. Ihr Lob für die zwei Köche: auch nicht allzu beschämend. Paul erkannte, wie viel liebevoller als die Wahrheit dann und wann eine kleine Schwindelei war. Genießt ihr es denn trotzdem ein bisschen? Ich denk mir, es ist weniger melodramatisch ohne mich.

Paul sah der Mutter an, dass es ihr gutging und sie das sogar mitbekam, Genuss im Bett-Exil zum Zeitpunkt, in dem sie ihn erlebte. Wieder musste er an ihren Kinderwagen denken, in dem sie als Baby ihr Glück verpasst hatte und der jetzt auf seiner Kutschfahrt durch ihren Ewigkeitswunsch schaukelte. Paul, der plötzlich diese seligen Wonnen verstand, plante eine leichte Erkrankung für den Beginn des neuen Schuljahrs.

Ihr habts also schön?

Ja, sagte der Vater, uns gehts gut. Wir genießen den Baum.

Habt ihr ihn fertig geschmückt?

Nein, so gefällt er uns, wir lassen ihn unfertig, bis wir wieder komplett sind, und er ist auch eine Erinnerung an dich.

Noch gefühlvoller durfte der Vater nicht werden, aber vorerst machte er alles richtig, die Mutter auch, und Paul musste sich auf die Lippen beißen, um dem Drang zu widerstehen, irgendwas vielleicht doch zu Sentimentales über Weihnachtlichkeit zu sagen, Fest der Liebe oder so was Ähnliches.

Ich werde noch etwas länger bleiben. Sie meinen, der Chef sollte den Fuß noch mal begutachten.

Mach dir keine Sorgen. Bleib ruhig. Wir kommen gut aus. Männer unter sich, du weißt schon. So beruhigten die zwei die überhaupt nicht beunruhigte Fußkranke. Nur war es höchste Zeit, ihr die andere Seite der Medaille zu präsentieren. Aber uns fehlen, Ronda, Mutter, das tust du doch. Und das musste jetzt unbedingt gesagt werden. Es war irgendwas zwischen Ehrlichkeit und Schwindelei, aber die Wahrheit.

Das Weihnachts-Komplott

Ich habe nachgezählt: fünf Jahre Weihnachts-Revolution.

Ich auch. Ein Jubiläum. Grund zum Feiern.

Aber so wie im ersten Jahr wird es nicht mehr.

Wars schon beim zweiten Mal nicht mehr.

Ist die Luft raus? Das fragten sie sich lieber nicht beim gewohnten Check-up-Telefonat am Vorabend ihrer Reise. Aber dass ihre bis Basel gemeinsame Route eine große Muthilfe war, kam immer vor, Reisefieber auch. In Basel trennten sich ihre Strecken zu den Zielbahnhöfen, Thea Tellheim reiste tiefer in die Schweiz, Marlene Kupfer ostwärts. Schlau wählten sie ein spätes Datum: Dicht vor Weihnachten war der Hauptverkehr schon abgeklungen. Die fünfjährige Tradition ihrer weihnachtlichen Verwandtenbesuche hatte mit der jahrzehntealten herkömmlichen gebrochen, zu Haus bei ihren Männern zu bleiben. Das Schwerste lag hinter ihnen, aber immer noch mussten beide Ehemänner ab Oktober subtil von dieser Feiertagsqualität überzeugt werden. Die Überzeugungsarbeit misslang, es blieb ein Kampf. Trotzdem belästigte der argumentativ erboxte Sieg über die k. o. geschlagenen Männer das Gewissen der zwei Frauen nicht. Waren nicht Verwandtenbesuche wie ihre fast auch ein gutes Werk? Die Aufenthalte bei Kindern, Enkeln, andern Angehörigen kamen ja keineswegs einer Ruhetherapie gleich. Beim Schmieden des Komplotts war es ihnen um Freiheit gegangen. Die jedoch fand nur unterwegs statt. Wohin man sah, von Abfahrt zu Ankunft, hin und zurück: Bindungen, Familie. Und die Freiheit während der Reise, bei der Uraufführung noch mit dem Geschmack leichter Verruchtheit, schrumpfte, auf den Hinwegen mussten sie sich von getaner ehelicher Schwerarbeit erholen und *nach* den Feiertagen *von* den Feiertagen. Wir sind zu wohl erzogen. Die Männer blockieren beleidigt die Schwelle zum Genuss. Es sind ja nicht wirklich wir, die sie vermissen, sie vermissen ihr Gewohnheitsrecht, die üblichen Weihnachtsrituale. Die Verwöhnung, trotz vorgebratener Puten, zugriffbereit portioniert, und tiefgefrorener Delikatessen, Büchsen voller Weihnachtsplätzchen. Sogar ein Gleissystem über zwei Zimmer könnten sie mit der Eisenbahn bespielen, und niemand (der allerdings jemand wäre, der sie bewirtete!) würde auf die Schienen trampeln. Die Frauen kicherten. Thea sagte: Und deiner kann meinen besuchen. Er liebt doch die Spur Null. Und den Spur-1-Tender, die zwei Loks, den Postwagen. Marlene dachte, meiner ist drauf eifersüchtig, und sagte: Und wenn deiner mal richtig loslegen will, kann er bei meinem mit der H0 spielen, er hat jetzt ein neues Stellwerk, und die meisten mögens elektrisch doch lieber, trotz Nostalgie und alldem.

Das Thema beschäftigte beide nur marginal, war aber, ethisch-moralisch betrachtet, wichtig. Wir haben uns, bis wir endlich packen konnten, ganz schön für sie abgestrampelt, stimmts? – Stimmt. Ihre Rechtfertigungs-Intermezzi entschuldigten die neue Weihnachtssitte, die nur allzu leicht mit einer Flucht zu verwechseln war. Entronnen in leere EC-Züge mit kosmopolitischem Flair, sandten sie Stoßseufzer zum Himmel, wo sie die für sie zuständige Instanz vermuteten: Uff! Als Duo erst ab Hauptbahnhof, wo Marlene zustieg (Hinreise), wenn das auch, mit Taxifahrt, umständlicher war als Einsteigen in Dammtor, doch zu Dammtor fehlte ihr Theas beherzte Zuversicht. Dammtor könnte der Lokführer womöglich vergessen; kam nicht menschliches Versagen immer häufiger in die Schlagzeilen?

Passiert war es schon bei der zweiten Weihnachtsextratour: Sie mussten zu lang auf ihre Hochstimmung warten. Noch sagten sie es sich nicht, nur Andeutungen und Seufzer verrieten die ähnlichen Empfindungen. Sie lernten, ehrlich zueinander zu sein. Besser wärs, in die Unabhängigkeit zu reisen, sagte Thea. – Nirgendwo erwartet einen jemand, so was in der Art, sagte Marlene. Man fühlt sich wie eine Postsendung, sagte Thea. Und falls man abtauchte, würde man im Fundbüro landen, sagte Marlene. O Thea, lass uns wenigstens die Reise selbst wieder so richtig wundervoll finden! Thea rüttelte sich raubvogelgleich zurecht: Gute Idee. Es war so bekömmlich.

Bekömmlich war auch der gemeinsame Befund, die gemeinsame Anklage. Schönfärben strengte an, lästern sprengte die inwendige Enge. Ewige Selbstdisziplin ade, adieu du psychosomatisch schädliches Korsett! Im Austausch verglichen sie die da wie dort lauernden Belastungen. Von den endlosen häuslichen Fürsorge-Verpflichtungen musste man mindestens einmal pro Jahr weg (andere gehen in Kur, Ehepaare gibts, die getrennt Urlaub machen – verdammt, sind wir zwei tugendhafte, gehorsame Dienerinnen, wie unzeitgemäß!). Aber mehr Turbulenz macht man bei diesen vitalen Kinder-Enkel-Familien mit, miss mal das Durcheinander, all den lärmigen Personennahverkehr an unserem lang geübten ehelichen Schweigen zu Haus. Die Männer durchbrechen es doch fast nur noch, wenn sie irgendwas zu granteln haben. Das Resümee der zwei: Als Frau mit Ehe und deren Folgen war und würde man niemals ein wirklich freier Mensch. In Marlene, kinderlos, erkannte Thea die Masochistin, die sogleich ihre Lage genauso sah. Mit ihrem Weihnachtsbesuch bei der Familie ihres Bruders lud sie sich den Versuch auf, mit den Enkeln zu spielen, um die dauernd gastgeberisch überbeschäftigte Schwägerin zu entlasten. Sie klagte: Die Kinder finden es längst langweilig, sich über mich zu amüsieren, weil ich ihre Gameboys und Computerspiele nicht kapiere. So viel zu Marlenes erster Phase in Zürich, von wo man sie zu einer Nichte mit Baby ohne Vater schaffte, was kaum erholsamer wurde; die Nichte lud Freunde ein, alle eintönig vor sich hin schweigend. Thea hingegen im Kreis ihrer Lieben wurde zu stark gebraucht, sie sagte: Aber Eustress ists auch nicht. In sämtlichen Querverbindungen gibts dauernd Streit. – Es heißt zwar, wer nicht gebraucht wird, kriegt Depressionen, aber ich weiß nicht recht, sagte Marlene, und Thea wusste, sie bekäme keine, und sowieso müssten sie beide ja nicht erst in die Schweiz reisen, um gebraucht zu werden, und sie dachten an ihre Weihnachts-Strohwitwer-

Männer, zogen wieder einmal ein Fazit: Schöne Freiheit, falls das Freiheit sein soll, was wir uns da für eine Woche erobert haben.

Über sich selber lächeln konnten sie aber auch. Keine wollte die andere ausstechen. Auf den Rückreisen gelang es ihnen, schon in der Grenzgegend der immergrünen pflanzenreichen delta-artigen Oberrheinszenerie mit dem Genuss anzufangen. Schon ab da wünschten sie sich Verspätung. Beinah nirgendwo entlang der weiten Strecke lag Schnee (kleine Glücksbeschädigung). Schneeandeutungen auf fernen Schwarzwaldgipfeln, Waldabhängen, manchmal auch im nordhessischen Mittelgebirge und den Ausläufern des Harzes (dann schon bei Dämmerung), aber viel los damit war nicht. Hinter Hannover wurden sie nervös. Sie kämen an. Im nächsten Käfig, spöttelte Thea, und mit: Immer an der Leine, ergänzte sie Marlene. Ihr Gepäck war nur auf der ersten Reise schwer gewesen, beiden hatte man erklärt: Was soll das Abschleppen? Schenke einfach Geld, Geld ist leichter, und die Kleinen wünschen es sich.

Um sich abzulenken, schwankten sie kurz nach Hannover nochmals in den Speisewagen, die Kellner schienen sich über sie zu freuen, mit einigen (auch mit Zugschaffnern) hielten sie sich für fast schon befreundet. Das Personal in den leeren Zügen hatte Zeit für sie und den kleinen zeitkritischen Austausch zum Thema Weihnachten. Dass sie ein auffallendes Paar abgaben, wussten sie. Beide ließen, wo immer es noch nicht geschehen war, ihr Alter taxieren in der Zuversicht, jünger auszusehen. Thea, hochgewachsen, in langen, meist schwarzen Gewändern mit etwas Goldbrokat auf altertümlichen Wämsern und Spenzern, darüber lange Jacken und möglichst noch eine Stola, sah mit ihrem rötlichen Haar und wettergegerbter heller Haut irisch aus, wie eine Schlossherrin, die in Kaminfeuern stocherte und mit ihren Bediensteten über die Pferde diskutierte. Marlene war nur knapp 1,62 groß und etwas mollig, das Gesicht lieblich mädchenhaft, und ihr einst schwarzes Haar färbte sie seit ein paar Jahren mahagonidunkel, es machte jünger.

Ist doch interessant, hatte Marlene im vorigen Jahr gesagt und einen Schluck Rotwein getrunken, sogar diese einfachen Leute haben Probleme mit Weihnachten. Findens zu materialistisch und so.

Einfache Leute darfst du nicht laut sagen, Thea hatte sie über die klassenlose Gesellschaft belehrt, in die sie hineingealtert waren. Dank Rotwein, aber in Maßen, war im Zwischenreich des EC, Licht im Dunkel der Nacht, trotz näher rückender Ankunft Genuss aufgekommen, in Maßen. Weil jetzt Thea dabei war, würde auch Marlene in Dammtor von ihrem Mann empfangen und ihn angrinsen. Der Lokführer, ahnungslos, hatte sein Tempo nicht gedrosselt. Die fünfte Reise müsste einfach ideal werden.

Vorher hatten sie wegen der gemischten Gefühle angesichts ihrer stressigen Familienaufenthalte sogar versucht, ihre Männer zu einem Schichtwechsel zu bewegen. Fahr doch *du* statt meiner. *Ich* bleib da, und *du* gehst aus. Wie im Struwwelpeter, nur andersrum. O wie verlockend hatten sie den Widerspenstigen alles ausgemalt. Nicht vergessen, auf ihre Eisenbahn-Passion hinzuweisen. Aber offenbar zogen sie das Spielen vor. Selbst wollten sie und ungestört von der lästigen Wirklichkeit über Eisenbahnen innerhalb ihrer Behausungen herrschen. Und eine Leidenschaft für die Enkel lag nicht vor, auch nicht für die Kinder. Ehe sie in Resignation sanken, addierten sie, was ihnen doch an Gewinn blieb. Die Summe reichte immerhin für das nicht zu verachtende Resultat: Einmal im Jahr lockern wir den festen Eheteigklumpen, das schon, das bleibt uns. Wenn auch der Schauplatzwechsel und die Besetzung in zwar ähnlichen, aber doch anderen Rollen unbefriedigend sind.

Als sie jetzt, am 23. 12., ihren fünften Weihnachtsabstecher starteten, ahnten sie noch nicht, wie umstürzlerisch innerhalb des Umsturzes er ausfiele. Marlene fühlte sich von der Taxifahrt durch dichten Straßenverkehr abgenutzt, als sie endlich im Abteil mit der robusten Thea aufatmen konnte, Thea kam ihr, unter anderm weil sie zwischen Dammtor und Hauptbahnhof schon Zeitung gelesen hatte, beneidenswert weltläufig vor. Außerdem hatte sie, um ihre Abgeschiedenheit von Station zu Station zu schützen, die üblichen Vorkehrungen getroffen, Gepäckstücke und Mantel auf Sitzen, die frei bleiben sollten, verteilt, die Vorhänge zum Gang hin mussten erst kurz vor Hannover zugezogen werden. Aber eigentlich riskierte man ja an einem 23. 12. wenig. Trotzdem ergänzte Marlene den Anschein von *voll besetzt* mit ihren Sachen. Notfalls ginge man in den Großraumwagen. Viel hing davon ab, dass die zwei unter sich blieben. Thea, die Weitblickendere, rückte sofort mit einer raffinierten Idee heraus: Nützlich wärs, jetzt schon Punkte für die Rückfahrt zu sammeln. Ich meine, was für die Rückreise spricht. Ich mag diesen Katzenjammer nicht mehr.

Marlene war auf der Stelle überzeugt. Sie sammelte, und das Ergebnis konnte sich sehen lassen. Thea: Endlich komme ich wieder zu meinem Quantum Tee, und zwar zu dem von der richtigen Sorte. Marlene: Und keine Diät-Desserts mehr! Beide: Niemand reißt die Fenster auf, noch bevor man die Zigarette zwischen den Lippen hat. Nicht mehr diese Brettmatratzen! Und Kopfkissen, so viel man will. Vor allem wäre es zu Hause nachweihnachtlich religiöser, schwer zu definieren, inwiefern und wodurch.

Ehe sie sich so gründlich austauschten, warteten sie aber wie jedes Mal auf den Hinfahrten die Kulissen-Passage ab, von der westwärts sie voll Respekt, in Andacht und mit Fernweh, das zugleich ein Heimweh war (mysteriös: dafür gab es keine Erklärung), über den breiten Fluss und die Hafenanlage blickten, auf hohe Masten, Container, imposante Schiffskörper. Danach kam es stets zu Seufzern, heute auch. (Nur in der Euphorie des ersten Mals vermutlich nicht, sie hatten es vergessen.) Denn wichtigere, nicht nur interessantere, einfach kosmopolitischere, schandbar nie erreichte (und, wie es aussah, nie mehr zu erreichende) Reiseziele schwebten ihnen in ihrer atlantischen Ferne vor. Thea sagte: Weihnachten ließe sich vermeiden. Marlene, die ihre Freundin verstand, ging gleich ein paar Schritte weiter: New York, kalifornische Wüste … wie stark es ihnen allen auffiele, dass man nicht da ist, man weiß es eigentlich gar nicht.

Nicht stark.

Wären sie nicht sogar erleichtert? Freut sich jemand wie verrückt auf uns?

Unsere gute Erziehung führt vor lauter Rücksichtnahme und Höflichkeit zu lästigen Tabus.

Obwohl, die Jungen heute, die kotzen sich doch jede Seelenregung aus.

Liegts an Weihnachten, dass sie den Mund halten?

Könnte sein und an uns zwei altmodisch Taktvollen.

Man fühlt sich richtig erwürgt. Sie machen uns alt.

Unser Geld haben sie gern. In der Steinzeit war ich ein paar Tage in Basel. Wundervolles Hotel.

In der Vorweihnachtszeit, auch schon länger her, war ich, und ich hab vergessen, wie es dazu kam, in einem Picobello-Hotel, Hagen ist hässlich, aber das Hotel lag weitab und irgendwie in eine Art felsigen Steinbruch gebaut, aber egal, ich sags nur, weil ich dort plötzlich dachte: Weihnachten wäre eine ganz federleichte Angelegenheit hier in diesem Hotel. Man ginge manchmal runter in die Lounge und setzte sich in einen der breiten Ledersessel mit Blick auf einen Mammutchristbaum, übertrieben geschmückt, und auf einen Riesenschneemann und viele Attrappen von Weihnachtspäckchen, und es würde nichts ausmachen, dass es ziemlich atheistisch und bloß wegen der Stimmung ist … Man hätte ja seine eigenen Emotionen, und zwar in aller Ruhe. Mich würde da auch kein Glitzerkitsch stören. Hotel Europa, ja, so hieß es, das in Basel … vielleicht auch d'Europe …

Sie schauten einander an, erschraken ein bisschen vor der Widerspiegelung des eigenen ernsthaften begierigen Eifers im Gesicht der anderen, mussten lachen, aber trotzdem das Thema wechseln. Weihnachtliche Kindheitserinnerungen gingen sie immer durch: das verschlossene Zimmer, in dem das Christkind nicht gestört werden durfte. Neugier und verheißungsvolle Gesichter der Eltern, Adventslieder, Weihnachtslieder. Neue Puppenkleider, neues Inventar für Kaufladen, Puppenhaus, Puppenküche. Aber war das nicht auch weltlich gesonnen? Sie glaubten, ja, doch es hätte mehr dahintergesteckt, ein Geheimnis, und man habe den religiösen Zusammenhang für selbstverständlich und erst recht für unentbehrlich gehalten, schon weil ja Geburtstagen dieses Einwirken des Geheimnisvollen ganz und gar abgegangen war. Bei Marlenes Bruder gab es zwar Hausmusik, aber die war ihr zu perfekt und ging ihr auf die Nerven. Thea konnte die Krippe ihrer Tochter nicht leiden: Sie ist namibisch. Vorher hatten sie eine aus Mexiko.

Die Fahrtgeschwindigkeit machte die zwei immer sehr bald hungrig. Den heutigen Zugschaffner kannten sie nicht, ihre Tickets zeigten sie jeweils gern: schmeichelhaft international. Der Zugschaffner hatte etwas von einem Intellektuellen. Wirklich und wahrhaftig, er bat, ergänzend zu den verbilligten Tarifen, um ihre Bahn-Cards! Bahn-Cards *S*! *S* wie Seniorin! Es gab doch Dinge, die sie gern ihren Männern erzählten. Im Großen und Ganzen waren ausführliche Nacherzählungen ihrer paar sogenannten freien Tage langweilig. Sie orderten Kaffee und Käsesandwiches beim Gentleman, und nachdem sie die erste Portion ihrer Zeitungen ausgelesen hatten, sagte Marlene: Mir schwebt ein neuer Traditionsbruch vor. Wärs nicht menschlich relevanter, unsere restlichen Alten zu besuchen? Die Jungen schaffens auch ohne uns. – Die Alten aber auch: Thea berichtete, wie viel kulturell Anspruchsvolles ihre Tante im *Méridien* geboten bekam, und Marlene steuerte bei, ihr Vater dürfe wieder seinen Vortrag über Weihnachtsbräuche halten, im *Florahof-Stift*; und doch mussten beide sofort dringend an etwas anderes denken. Thea verbot sich den inwendigen Anblick der zitternden Adlerklauenhände ihrer Tante, Marlene sich den der pappig weißen Schicht in den Mundwinkeln des Vaters, er bemerkte sie nicht, wischte sie nicht ab. Ehrlichkeit tat leidlich gut: Langweilen müssen sie sich nicht, aber ich schätze, sie tun es doch, sagte Thea. Sie haben Angst vor den Daten, sagte Marlene, und am schlimmsten ist Weihnachten. – Stopp! Ists nicht, als redeten wir in Wahrheit über uns selber? Sind wir so fromm, wie wirs von den andern verlangen? Selbst wenn nicht, wir wollens aber sein. Von jetzt an waren nur noch Mittelgebirgslandschaften zu besichtigen. Keiner außer ihnen im Speisewagen. Weißwein zu den Ravioli. Diesig mit etwas Regen. Ihr Genuss ließe sich wie nie erlebt steigern. Thea: Über Weihnachten sind Hotels wie das *Europa* garantiert nicht ausgebucht. Marlene: Es wären für jede von uns nur zwei Telefonate, eins pro Ehemann, das andere Schweiz. Beide: Wir sagen ruhig die Wahrheit. Sie beschlossen: Mal sehen, wie wir in Basel drüber denken. Erst in Basel? Die Entscheidung müsste früher fallen. Hinterher hätten sie nicht mehr mit Bestimmtheit sagen können, wer den Vorschlag gemacht hatte: Wenn dieser winzige hessische Regen bis Freiburg in Schnee übergegangen ist, steigen wir in Basel nicht um, wir steigen aus. Wir machen Hotelferien.

Eine wieder unblutige Revolution, aber die erste wirklich perfekte. O du fröhliche … und so weiter. Sieht verdammt nach Schnee aus. In den Freundinnen bildete sich die altgewohnte Zuversicht wieder köstlich komplett heran, nach aller Wahrscheinlichkeit doch mit Recht, denn hatte nicht, nahm man es genau und zog Vergleiche, der Himmel es immer gut mit ihnen gemeint? Wenigstens prinzipiell. Sie lasen, Thea mal wieder die *Pickwickier*, Marlene mal wieder den *Untergang des Hauses Usher*, und später hätten sie auch nicht mehr sagen können, ob Freiburg wirklich verschneit war. Auf Bahnhöfen war es schwierig, das zu erkennen.

Weihnachten ohne Parfum

Bei Einbruch der Dämmerung fing es an zu schneien, es sah nur wie ein Versuch aus, aber Gwyn gefiel es (mir auch). Sie stoppte Nicole Wilhelmi, die schon zu ihrer Automatikanlage für die Läden unterwegs war: Lass sie oben! Nicole war die Gastgeberin der diesjährigen Nikolaus-Party. Die andern Frauen schnatterten durcheinander, lauter Oh-wie-schön und wie der Schnee (wässrige Flocken) sie auf Weihnachten einstimmen würde und Sonstiges, ziemlich sentimental. Hulda Epstein kenne ich etwas näher, sie kam bis zuletzt zu meiner Mutter, und sie sagte: Der Schnee macht uns kindlich. Da wusste ich, Gwyn würde gleich einen spöttischen Kommentar loslassen, einen von ihren riskanten Vorstößen ins Ungewisse, wie mein Vater dazu sagt, bevor er in Deckung geht. Oft stößt sie Leute vor den Kopf, einfach weil sie jedes Mal recht hat. Gwyn ist Amerikanerin und heißt, bis sie meinen Vater vielleicht heiratet, mit Nachnamen O'Hagan.

Mittlerweile schimmerte es aus allen Lichtquellen im Prachtsalon der Wilhelmis, und Gwyn beugte sich vor, prüfte die Gesichter (bis auf meins, aber ich stand bei den Männern abseits) und sagte dann: Keine von uns sieht kindlich aus. Trotz Schnee. Das ist vorbei. Hulda war beleidigt und redete von Gemüt und so was und dass sie das gemeint hätte. Unsere Innenwelt, sagte eine Freundin, die Klärchen Gold oder Goldberg heißt. Und mit Schnee fanden alle Weihnachten erst richtig weihnachtlich. Theologieverlust, rief Gwyn, ihr Heiden, sie sang Bing Crosbys »White Christmas«, brach ab, klang streng: In Bethlehem wars heiß und kahl, und niemand war überfressen wie wir alle hier in diesem Zimmer. Weihrauch, Myrrhen und Gold, aber sie waren hungrig. (Ich gönnte es meinem Vater, dass er jetzt zu Haus seine Ruhe hatte. Mir machts nichts aus, wenn Gwyn Leute schockiert, obwohl – die Freundinnen waren bloß erheitert.)

Aber zu dieser Party mitkommen wollte ich gar nicht und tat es bloß, weil Gwyn *Es ist mit Männern* gesagt hatte und dass ich sie nicht im Stich lassen dürfte, und bei ähnlichen Anlässen wirft sie mir auch diese interessanten Blicke zu. Mit denen macht sie uns zu zwei Verschwörern gegen den Rest der Welt, fast zu einem Liebespaar. Und als ich nachgab, war meine offizielle Begründung, es wäre okay, weil ich Stoff brauchte. Wir haben drei Aufsatzthemen, ich würde *Was sagt uns Weihnachten heute?* wählen. (Mein Vater drückt sich vor Partys: Verstehe ich, und übrigens waren auch die andern Männer nicht vollzählig erschienen und die paar im Schlepptau hatten sich sofort beim Kartenspiel separiert, was ich ganz gut fand, obwohl es sicher kein Poker war, die Männer sahen nicht nach Poker aus, keine Zigaretten in den Mundwinkeln, aber bei denen stand ich rum.) Ehrlich, vor allem war ich mitgekommen, weil Gwyn so viel an meiner Begleitung lag. Ich müsste endlich aufpassen, denn sie kriegt mich in letzter Zeit allzu leicht rum, nur, es macht mir eigentlich Spaß, nicht aufzupassen. Gwyneth ist ihr voller Name, der und irische Vorfahren waren das Erste, was mir imponiert hat. Schon als ich das noch gar nicht wollte. Ich habe mich sogar dagegen gewehrt, Laramie / Wyoming, woher sie stammt, aufregend zu finden. Und dass sie, wenn wir Western sehen, Heimweh kriegt und meinen dazu schweigenden Vater vielleicht doch kränkt, sobald sie total offen drüber jammert, wie riesig die Lücke in ihrer Autobiographie für immer bliebe, weil sie nie Sex mit Gary Cooper gehabt hätte. *Ich werde sterben und nicht wissen, wie das gewesen wäre. Sicher etwas hölzern, aber eben mit Gary Cooper.* Sie müsste doch mit solchem Unsinn meinen Vater niedermachen, irgendwie verkleinern und wenn nicht ihn, dann mich als seinen Stellvertreter. Über so was bin ich weg. Ich kenne sie besser, erstens. Zweitens macht sie nichts Gewagtes, ohne dazu Grimassen zu schneiden. Sie bringt Komik rein. Dass ich ihr nichts krummnehme, fing an, als sie eines Tages sagte: Mit dir kann ich über Sachen reden wie mit sonst keinem Menschen. Nicht mal mit deinem Vater. Das mit dir und mir ist wie eine kleine Affaire nebenher. (Tanja, mit der ich zurzeit gehe, behauptet: Du bist in sie verknallt. Verdammt oberflächlich betrachtet. In Tanjas Alter sind alle so. Das macht sie, verglichen mit Frauen wie Gwyn, langweilig, und seit ich mit Gwyn immer besser stehe, merke ich das andauernd. Ich lese Platon, Tanja liest Zeitschriften mit Frauennamen als Titel. Gwyn tut das ab und zu zwar auch, aber was sie dann über Frisuren, glatte Haut und Übungen gegen Fettpolster erzählt, klingt total anders als bei Tanja.)

Ich hatte mich also zu den Männern zurückgezogen, genauso wie mein Vater es gemacht hätte, und trotzdem den Frauen zugehört und vor allem auf Gwyn geachtet, aber im Unterschied zu ihm zog ich nicht den Kopf ein, wenn sie redete, was immer aus dem Rahmen fällt, schon weil ihre Stimme etwas über alle Triumphierendes hat. Die Frauen waren noch beim Thema Weihnachten. Die Hanauers hatten den Globus auf seine Weihnachtstauglichkeit hin bereist und herausgefunden, dass Mexiko am besten wegkommt. Eine Elli Benz und ihr Mann erwarteten ihre Tochter zum ersten Mal mit Baby, *und was für einem!*, rief diese Elli. Andere waren noch unschlüssig, alte Eltern kämen oder müssten besucht werden. Und Gwyn sollte bloß nicht mit ihren amerikanischen Weihnachtssitten angeben, sie wüssten es aus x Filmen, US-Christmas wäre Kitsch pur. Gwyn, die erste und vermutlich einzige Frau in meinem Leben, die nie beleidigt ist, lachte nur, bevor sie sagte: Aber wir, immerhin, wir gehen in die Kirche. Eine Frau, keine Ahnung welche (keine hört sich so charakteristisch an wie Gwyn), sagte, bei ihnen zu Haus gingen sie zu Weihnachten immer, und zwar vor der Bescherung, und Katholiken würden das sowieso tun, aber erst um Mitternacht, und wie meinem armen Vater, nur ohne seine Ängste, vermittelten telepathische Schwingungen mir die Gefahr einer Explosion von Gwyns Spontaneität, und dann kam es: Okay, das ist für euch sicher jedes Mal ein großes Erlebnis. Einmal pro Jahr zu erfahren, was man im Innern einer Kirche empfindet. Das ist wie bei Pillen, an die man nicht gewöhnt ist. Die schlagen voll ein. Und mit den Liedern zusammen im

Gewölbe dieser Station zwischen Himmel und Erde kommen euch die Tränen … ihr habts also besser als wir, weil wir es immer sonntags tun, in die Kirche gehen, oder meistens. In diesem Moment klatschte einer von den Männern seinen Trumpf auf den Tisch und hatte anscheinend das Spiel gewonnen, und ich dachte: Cool, Gwyn! Schon wieder die Siegerin! Die Frauen benahmen sich albern wie Tanjas Jahrgang, eine rief: Du bist ja eine fromme Helene, und Gwyn blieb ungerührt, sie sagte, anfangs hier hätte sie ans Konvertieren gedacht. Falls ich bliebe (und ins Gekreische *O bleib uns erhalten!*): Aber die Katholiken werden auch immer unernster.

Es soll hier eine Episkopalgemeinde geben, sagte jemand, und eine andere meinte, Gwyn wäre Baptistin. Oder Methodistin? Aber am besten würde sie evangelisch wie die übrige Clique. Ich allein wusste, was jetzt käme, denn meinem Vater hat sie damit auch schon in den Ohren gelegen (oder besser: mir, denn in seinen stecken Stöpsel, wenn sie ihn exhibitionistisch erschreckt): Wenn schon Religion, dann aber auch richtig, predigte sie. Und an Weihnachten nicht nur geschmückte Bäume und *Fest der Familie*, Geschenkmassen und Überfressen. Ich singe euer »Vom Himmel hoch« und so was auch im Hochsommer. Ich denke an Gott, ich denke an Gott, sage ich stumm, wenn ich nicht einschlafen kann. Ich werde ganz leer und …

Eine von diesen Zimtziegen wollte sie mit zum Autogenen Training schleifen, eine andere zum Yoga und dergleichen mehr Schwachsinn, und dann meldete sich Hulda Epstein, pampig, genau wie damals, als sie auf unserer

Haustürschwelle fest dran glaubte, meine Mutter würde von ihrem Besuch profitieren, aber die wollte ja nicht mal mehr meinen Vater und mich sehen. Gwyn, hör zu, Pit und ich, wir haben für dieses Jahr eine soziale Komponente zu Weihnachten geplant, laden irgendwelche armen Teufel zu uns, vielleicht schauen wir auch bei Otti so gegen fünf rein, da gibt sie ihr Fest für Obdachlose und solche Leute, sie hat die Schirmherrschaft über ein Heim dieser Art. Andere hatten auch schon Mildtätiges gemacht oder noch vor, aber natürlich durften sie darüber nicht vergessen, das übliche Weihnachtsprogramm durchzuziehen, schon der Kinder wegen. Meistens erwachsener Kinder, und auf einmal waren alle glückliche Mütter von glücklichen Erst- und Zweitsemestern und dem Himmel dafür dankbar, denn es hätte auch anders kommen können, in unserer Zeit der Drogenprobleme erlebten die Frauen ein Wunder, und ein Sohn, von dem ich es besser weiß, war plötzlich in der 11. nicht sitzengeblieben, o nein, die machte er freiwillig lieber noch mal. Garantiert fand Gwyn es so saublöd wie ich.

Bleibt die Frage, warum sie überhaupt zu diesen Partys geht. Für mich war das keine Antwort, als sie irgendwann einmal sagte: Es waren die Freundinnen deiner Mutter. Jedenfalls vor ihrer Schwermut. (Gwyn ist der einzige Mensch, der über das, was mit meiner Mutter passiert ist, nicht drumherumredet; obwohl ich es lieber hätte, sie gebrauchte das Fremdwort, gefällt mir doch *Schwermut*; aber es würde mich das Fürchten lehren, wenn nicht seit so vielen Jahren meine Mutter sich von mir separiert hätte.) Ich war abgeschweift, als am Männertisch *Hört, hört!* gerufen wurde und ich dadurch wieder auf Gwyn aufpasste, sie war mitten in einer Standpauke über evangelische Theologievergesslichkeit des ganzen Klüngels hier im Salon wie auch bei den Pfarramtsbewerbern, die bei der Kirchenleitung am besten abschnitten, wenn sie genauso gern sonst was beruflich gemacht hätten. Und jetzt haben sie auch noch ihren Luther sausen lassen. Ich sehs euch an, ihr habt keinen Schimmer, wovon ich rede. (Sie wurde angefeuert: Mach schon, Gwyn!) Bei Luther zählt als des Menschen Rechtfertigung vor Gott allein der Glaube, die guten Werke imponieren Gott überhaupt nicht.

Alle fanden, es gäbe endlich Anlass zum Unsinnmachen, Zeit für die Drinks, die Männer ließen ihre Karten liegen, und jemand meinte, Gutes zu tun wäre doch wichtig, und eine schlug vor: Gwyn, mach uns zu Weihnachten den Pfarrer. Kleine Feier am 26., vorher ist zu viel anderer Stress, aber der 26. wäre ideal. (Großer Applaus.) Ich denke drüber nach, sagte Gwyn. Aber rechnet nicht mit einem Festmahl – es wird pur geistlich. Irgendwas mit Hafer könnte ich machen. Ich musste an den Tag denken, an dem mein Vater sich Porridge gewünscht hatte und sie eine Mischform aus verleimter Masse und Saucigem drumherum servierte und dazu *Holländische Version* sagte, Havermoutpap. Kochen kann sie wirklich nicht, aber ihr Hantieren sieht genial aus, und wenn sie meinen Vater *Schmeckts?* fragt, stochert er in ihrem Kombinationswerk herum und brummt: Originell. *Mir* gefällts, Gwyn ist die erste Köchin meines Lebens, bei der man nicht nachwürzen muss. Als meine Mutter noch kochte, konnte sie es besser als Gwyn, nur auch langweiliger, und dass ich das vor mir selbst zugebe, ist neu, wie viele andere Splitter von Erinnerungen im Zusammenhang mit ihr, die wie ein großer fremder Vogel in unserer Familie verwirrt umhertrapste und, wenn sie mich sah, immer sofort, als würde etwas sie blenden, die Augen mit einer Hand abschirmte und ihr Kopfwehgesicht gemacht hat. Ich sehe es kommen, dass Gwyn der Mensch sein wird, durch den ich nicht mehr fürchte, über den Tod meiner Mutter nicht unglücklich genug gewesen zu sein. Noch habe ich nicht mit ihr darüber gesprochen, und doch ist es eigentlich schon so weit, weil Gwyn diese ungewöhnlichen Bemerkungen macht, die mein Vater sich bloß stumm anhört. Er stopft dann immer die Zunge zwischen Oberlippe und Vorderzähne, als störte ihn ein Essensrest, und das macht er bei Unbehaglichkeit. Gwyn erzählt, was sie geträumt hat: Heut Nacht war ich tot, und es war richtig erleichternd, interessant wars auch und lustig. Ich lief zwischen euch allen rum und nahm teil und wusste, ich bin tot, 1. Akt. Es war nicht wie bei Zombies. Ich hatte schon mein Ticket für den Himmel, nur noch keine Abflugzeit … Das genügt, findet bei einem Redeschwall wie diesem mein Vater. Und aus der Küche, wo sie bestimmt schnell was trinkt (aber nie heimlich wie meine Mutter, jeder ist willkommen, es zu sehen, wenn Gwyn es tut), macht sie vergnügt weiter mit ihrem Traum. Ihre Gibson's, und wie die Sachen alle heißen, inspirieren sie, von dem blöden Sekt wurde meine Mutter nur noch trübseliger. Über ihrem Tod steht als Standard-Titel: Sie ist an einer simplen Virusgrippe gestorben. Stimmt auch, nur unterschlagen alle, dass sie immer häufiger in Kliniken versteckt wurde und *depressiv* war (Gwyns viel geheimnisvollere *Schwermut*!) und von den Medikamenten organisch ruiniert.

Mit dem Schneeversuch wars längst vorbei, die Läden runter, die Frauen beklagten sich, weil sie zu viel gegessen hätten, und die Männer kamen in die Sitzgruppe zu den Drinks (Gwyn stand extra auf und gab mir auch einen). Was ich da dauernd notierte, wurde ich gefragt, worüber, wofür? Blöde Antwort, *Material für den Weihnachtsaufsatz*, weil mir so schnell nichts Effektvolleres einfiel (gerade hatte ich gekritzelt: Hausherr quetscht sich zu eng an Gwyn, genug Platz rechts!).

Und dann erschien mein Vater mit unfreiwilligem Ausdruck. Gwyn führe ihren Suzuki so verwegen, der Matsch könnte anfrieren und so weiter. Von allen bejubelt, tat er mir verdammt leid. Sie riefen, wenn das nicht Liebe ist! Heiratet doch! Es wäre in Minas Sinn. (Mina war meine Mutter. Dass etwas *in ihrem Sinn* wäre, höre ich ziemlich oft: eine Ulkwelle erstarrt kurz vorm Überschwappen, sie fühlen sich ertappt, und du siehst gemalte Brandung vor dir.) Wenn es Liebe ist, sollte er mich nicht heiraten, sagte Gwyn. Je von Kierkegaard gehört? *Er heiratete nicht das Mädchen, das er liebte, und wurde zum Dichter.* So oder ähnlich hat er es gesagt. Durch eine Liebesheirat wird man bloß Ingenieur, irgendwas. Und mein Vater musste noch mehr durchstehen, als sie das Thema wechselte: Über die Sünde denke ich nicht katholisch. *Katholiken* begehen sie, basta. Im Protestanten aber lauert sie, sie tut es von Geburt an. Der Hausherr schubste sie und quasselte Schwachsinn übers Beichten, durch das man gleich von neuem loslegen könnte, und ohne hinzuschauen, wusste ich, mein Vater hatte sich wieder geduckt, und Gwyn fragte: Was genau feiert ihr eigentlich an Weihnachten? – Christi Geburt oder?, sagte Nicole, die das Rote von den Johannisbeertörtchen auf der Platte zusammenschmierte. Müssten wir nicht aus Mitleid die Köpfe hängen lassen?, fragte Gwyn (eine Frau rief: schon recht, bei deinem Haferbrei). Weil er nichts Schönes vor sich hatte? Gut, krank war er nie, seelisch erst recht nicht, nicht wie Mina. Er war so gläubig, wie das keiner von uns je sein kann, also gings ihm seelisch gut. Ich vermisse Mina, die aus ihrer kranken Zeit. Ausflippen verstehe ich besser als, na ja, unsern Nachbarn, wenn er im Sommer den Rasen schert, statt in seine Garage zu gehen und sich die Heckenschere in den Bauch zu rammen. (Buh-Rufe plus Beifall, notierte ich mir, Party-Erwachsene, so seicht wie all die Tanjas, und dass mein diesmal nicht geschrumpfter Vater *Aber dir gehts noch gut?* gefragt hat.) Übrigens hat ab und zu er recht, man muss nur zuerst drüber nachdenken. Als Gwyn sagte, sie hätte Mina sehr geliebt, korrigierte er sie: Ohne *sehr* ists besser. Mehr wert. Er erfuhr von Gwyns Feier am 26., zu der es nur Hafer und Geistliches gäbe, sicher viel über Sünde und Selbstmörder und wenig Heilige Familie.

Auf der Rückfahrt kritzelte ich hinten im Mercedes weiter, Gwyn lästerte über die Party. Ob ich auf ihrer weltlichen Torte die fromme Sahne spiele, mal sehen. Eine Schnapsidee, aber sie reizt mich auch. – Wie die meisten Schnapsideen, sagte mein Vater. Als er in unsere Auffahrt einbog, sagte Gwyn: In Paris war Mina auch so. (Dort haben sie sich über au pair kennengelernt, später zwei Semester an der UCLA studiert: Ich wüsste gern mehr darüber, frage aber nicht.) Mina hat dich aus Liebe geheiratet und wurde … na ja, keine Dichterin. – Ach so, deshalb also, sagte mein Vater bloß.

In der Küche riss ich zwei Dosen Mais auf, über die Gwyn Putencurry schütten wollte. Plötzlich wuschelte sie mir von hinten durchs Haar (ungünstig wegen meiner derzeitigen Gary-Cooper-Frisur), sie sagte: Dass du und ich nicht heiraten, fände Kierkegaard gut, wegen der Liebe, gut für unsere Karrieren. Leider bin ich nicht schlagfertig. Ich brachte bloß meine Cooper-Strähne wieder auf die Stirn. Mir wars recht, obwohl es störte, dass mein Vater erschien, Gwyns Hand mit dem Kurkuma-Glas festhielt und *Machs nicht so scharf* sagte.

Bis Weihnachten ist nichts Verwendbares passiert, einmal kriegten sie Streit über einen Traum von Gwyn: Um es in Minas Sinn zu machen, Weihnachten, bin ich einfach abgehauen. Der Streit ging endlos (viel Stoff für mich), der Traum wurde etwas, was wirklich passiert ist, und Gwyn, die nie Beleidigte, sang nur noch »Vom Himmel hoch tralatralaa …«. Wegen Christi Geburt, die wir feiern würden, sah ich in der Konkordanz unter *Geburt* nach für meinen ersten Satz: »Sie vergehen, wie eine Schnecke verschmachtet; wie eine unzeitige Geburt sehen sie die Sonne nicht.« Das ist Hiob, 3,16, und hat mir von allem mit *Geburt* am besten gefallen.

Mit meinem Vater und Gwyn habe ich eine Beziehung wie ohne Altersunterschied, meistens. (Dass ich so viel jünger bin, kommt mir wie ein Regiefehler vor, aber ich merke es nur in Gesellschaft.) Also zeigte ich ihnen die Rohfassung meines Aufsatzes. Urteil meines Vaters: Zitat und Text verfehlen das Thema. Diese Verschmachtenden wären die Leute von der Nikolaus-Party, erkläre ich. Mach aus der eine Weihnachts-Party, und es ist vollkommen: Gwyns Diagnose. Alles das ist Weihnachten, alles über Tod, Liebe, schwache Menschen, diese Unschlüssigkeit, Sehnsucht nach Rätselhaftem, Fernweh. Meinen Vater hat sie nicht überzeugt und mich hat sie benebelt. (In meinem Text heißt Gwyn Julia wegen ihrer Julia-Roberts-Oberlippe, mein Vater Joseph und K., Religion plus Kafka, ich Gary.) Wir waren nicht in der Kirche, gingen aber am 24. nachts zum Seeufer. Nach amerikanischer Sitte gäbe es die Geschenke erst am 25. (ich hatte für Gwyn einen roten Schal, für meinen Vater eine CD mit Technik-Geräuschen inclusive Knall beim Durchstoßen der Schallmauer), und Gwyn hatte die Hafer- und Sündenfeier abgeblasen. Obwohl es Kitsch ist, Schnee haben Gwyn und ich vermisst. Der See war schwarz, darüber, in Gwyns Sternenbannerhimmel, kippte die Mondsichel nach rechts um. Ich erwartete, dass Gwyn wieder Milky Way vermissen würde (in Laramie hat sie immer die Milchstraße sehen können), aber sie sagte: Mina einfach abknallen, das hätte ich sollen, aber ich wollte nicht ins Gefängnis. Mein Vater stellte sich taub: Das war okay und falsch. Er sagte: Der Luftraum hier ist schon genauso überfüllt wie über Rhein-Main. Ein Romantiker ist er nicht, mein Vater. Gwyn schwärmte von Gestirn, Galaxis, Firmament, deutete in den Himmel: Da! Den da hätten sie für den Stern von Bethlehem gehalten. Bewegt sich, glitzert grün, rot. *Und sie erschraken sehr.* Er sagte: Versteh ich nicht, das vorhin war doch die BEA, eingerechnet Verspätung, die 23-Uhr-SAS müsste längst durch sein. – Ihr zwei solltet heiraten, gut für die Karrieren, sagte ich. Die meisten Frauenangewohnheiten hat Gwyn nicht, aber blitzschnelles Umarmen hat sie drauf, jetzt auch. Mit das Beste an ihr: Du musst dir nicht das Gesicht waschen wie sonst nach Frauenüberfällen, sie ist nicht parfümiert. Und mein Vater sagte zu diesem Kuss bloß: Bei euch weihnachtet es ja ganz schön, und war erst wieder bei der Sache, als ihm die 23.30er Aer Lingus einfiel. Übrigens hatte ich doch das Thema mit den Menschenrechten genommen.

Alle Jahre wieder

In der Vorweihnachtszeit erschien Harry und Bernd (»Alle Jahre wieder«, sangen sie grimmig) das Büro, Zimmer 764, 7. Etage, als Idylle. Als Kontrast zum häuslichen Leben, dessen bequeme Einförmigkeit spätestens ab erstem Advent den gewohnten Knacks bekam.

Harry sagte: Meine Halina lässt noch nicht durchblicken, ob es sich diesmal um pro oder kontra Weihnachten gerichtete Pläne handelt, die ihr allmählich verspachertes Nussköpfchen ausbrütet.

Bernds Isolde hingegen bereitete sich, und ihn, geschäftig auf den üblichen Stumpfsinn nach aufwendigen Spielregeln vor, durch die es zu Magen- und Terminüberfüllung käme. Eins so schlimm wie das andere.

Sie seufzten, Blick von der gläsernen Aussichtsfront Richtung Südwesten, in die undeutliche graue Landschaft hinaus; wohl tat es, wenn der Horizont mit ostwärts ziehendem Hügelsaum im Nebel verschwand, der auch über die wie ein vernachlässigtes Gebiss holprige Zersiedelung im Flachland sank. Aus der Hochhaus-Hügelhöhe fühlten sie sich den menschlichen Niederungen entrückt, bekamen schon etwas von des Himmels Erhabenheit mit: Gottesnähe? Was es auch war, Weihnachten wirkte vom diesseitigen Ballast befreit, schien möglich. Und dann bastelten sie weiter an Programmen für schwindende Minderheiten mit Neugier auf exotische Rituale, Porzellan und deformierte Klassikerinszenierungen. An ihre Überflüssigkeit im Sender hatten sie sich gewöhnt; blieb zu hoffen, dass den Großmuftis der Luxus, den die sich mit den beiden in Zimmer 764 leisteten, bis zu deren Pensionierung nicht auffiele. Geduckte Haltung, eingezogener Kopf: Bildlich gesehen kam ihnen ihre kaum begehrte Arbeit so vor. Abwechselnd waren ihre Volontärinnen, die meisten in Studiumspausen-Jobs, mehr oder weniger hübsch, aber bisher war noch mit jeder die Kaffeeverwöhnung gelungen. Nicht einmal deren weiblicher Griff in die Weihnachtsmottenkiste störte: Tannengestecke, nadelnde Zweige mit Kerzen, Schnee-Sprays, all das.

Immer in der Weihnachtszeit rebelliert es mehr als sonst und geradezu psychosomatisch in mir gegen das uralte Eheprinzip: Pass dich an! Raff dich zum Kompromiss auf! Harrys Halina telefonierte mit Bernds Isolde, die rief: Du triffst voll ins Schwarze! Ganz speziell wenns auf Weihnachten zugeht, treibts mich raus aus dem Käfig. Verdammt, man liegt an der Leine, kamen die Frauen überein, deren Männer davon nichts ahnten, als Bernd knotterte: Isolde packt der Backwahn, aber das meiste geht an die Kinder und an die Alten vom *Sonnenuntergang*, und sie plant Geschenklisten und Partys, bis über Neujahr sind wir ausgebucht, die Kinder kommen in Einzelrationen, und täglich verschickt sie stapelweise UNICEF-Karten, was ins Geld geht.

Meine auch, schimpfte Harry, nur in der Küche haperts bei ihr, und sie will es jetzt vegetarisch angehen. Oder, alternativ dazu, eine der Einladungen von den Kindern annehmen.

Auch Isolde habe irgendwas von Gemüserouladen und Soja statt kontaminiertem Fleisch geschwafelt, meldete Bernd. Geflügel ade. Seit sie das mit den Leichen der Haustiere im Tiermehl wüsste, müsste sie kotzen, sagt sie, wenn sie nur dran denke.

Die Männer nahmen nicht die Stolzschwelle, obwohl auch sie die Niedertracht der Kadaverkost als geistig-leibliche Demütigung empfanden. Sie einigten sich aber: auf die Kriminalisierung der Gesellschaft bis hin zum Gesetzgeber. Was es erschwere, aufs Weihnachtskommando mit dem Einsinken in den Engelswunsch *Frieden und Wohlgefallen auf Erden* zu reagieren. Und alles feiert und frisst, alle diese Gangster tun es, polterte Bernd, und Harry sagte: Haut mir schwer in meine Frömmigkeit rein, ich meine, verdammt kompliziert, dran zu glauben, dass Gott die Menschen liebt, und zwar alle.

Bernd erkundigte sich vorsichtig (auch leise, als fürchte er Wanzen in 764): *Bist* du denn fromm?

Na, wenigstens hoffe ich, dass ich es nicht ganz und gar nicht bin, sagte Harry, auch leise, und landete in gewohnter Lautstärke schnell wieder beim familiären Weihnachtsproblem: Das Fest bei einem der Kinder stimmt mich auch nicht gerade optimistisch, dann schon lieber Grünfutter. Pit hat ein Problem mit Freundinnen, der Älteste hats zwar gelöst, nur … Und Halina will Pit verheiraten, aber wenn du mich fragst, sie hat noch jede vergrault. Letztes Weihnachten brachte er sein Girly mit, und Halina hat sich und damit Pit lächerlich gemacht. Stämmig und achtundfünfzigjährig, hat sie sich im Engelsgewand neben dem Christbaum aufgepflanzt mit ihrem damals noch neuen Hobby, der Blockflöte, und mehr schlecht als recht drauflosgeblasen, schwedische oder kirgisische Weihnachtsweisen oder beides. Das Instrument ist ja sowieso klein, aber weggestreckt von ihrer Körperkugel, die dann auch noch zu schwingen anfängt, wirkt es winzig, und jetzt hat Pit endlich wieder eine Neue und setzt drauf, dass seine Mami, wenn er *uns* anreisen lässt, ohne Flöte kommt, aber ich wette, die packt sie ein. Harry musste Bernd eine Pause zum Lachstöhnen lassen.

Schließlich brachte Bernd heraus: Spielt doch sicher mittlerweile fehlerfrei, oder?

Sie tat es nicht. Und Harry erwähnte wieder das Schwingen. Und das ist doch der Punkt, kapierst du, dass sie es überhaupt macht, breitbeinig und mit rausgestrecktem Bauch und diesem Bläsermündchen, du wirst wütend und mitleidig in einem.

Zum Ältesten ziehts mich nicht allzu sehr, gestand, fernab vom Hochhaus-Hügel, am Stadtrand in ihrer und Harrys Wohnung, die telefonierende Halina der nur zwei Blocks entfernten Isolde. Die Einladung war ja nett gedacht, aber seine Frau ist wie tiefgekühlt, alle beide sind solche Labormenschen. Statt richtigem schönem Baum haben sie so ein Holzgestell, helles Holz und furchtbar asketisch geschmückt, und natürlich auch keine Krippe, es ist einfach alles wie aus dem Gefrierfach. Sie stellen das Holzding auch an Ostern auf, man kann Eier dran anbringen. Als wir wegen Weihnachten telefonierten, waren sie beide dermaßen erfüllt vom entschlüsselten menschlichen Genom, dass sie an Weihnachten bestimmt über Maria diskutieren werden, Maria, die nach heutigem Wissensstand, also ich meine, wenn sie heute auf diese Weise schwanger wäre, wahrscheinlich abgetrieben hätte und …

Wie absolut grässlich, unterbrach Isolde die Freundin. Aber abgetrieben? Warum das? Mit dem Jesuskind war doch alles in Ordnung, es war gesund.

Halina sagte: Mein Ältester und seine Frau behaupten, der Mensch, der es gut hat, ist jetzt machbar. Demnach doch wohl auch ein Typ, der sich garantiert nicht kreuzigen lassen würde. Ich kenne mich nicht gut aus mit alldem, nur falls man bei Jesus als Embryo diese Determiniertheit hätte feststellen können, fände ich es ja sogar mütterlich, wenn Maria … oh, mein Gott, ich fürchte, ich bin blasphemisch. Und das ist das Letzte, was ich sein will. Ich weiß nicht, wie es dir damit geht.

Isolde klang gekünstelt würdevoll: Mit dieser Jungfräulichkeit bei Maria hab ich ein Problem, ich denke, die meisten haben es, die Nachdenklichen haben es, jedoch … es sind noch mehr Wunder, an die man glauben muss, Auferstehung und all die Heilungen, Verwandlungen, es ist schwierig.

Halina erlöste sie mit der Frage: Wie genau machst du Quittenbrot? Und mitten im Notizenmachen, Isolde diktierte langsam das Rezept, sagte sie: Weihnachten ist an sich schön. Man muss es nur nehmen, wie es ist. Und nein, nichts, überhaupt nichts zusätzlich zur verordneten Dosis hätte sie eingenommen, und was da jetzt in ihr wirke, sei vielleicht so was Ähnliches wie Frieden auf Erden beziehungsweise in ihrem Gemüt. Mit ein bisschen geistiger Mühe, versuchs mal, Isi, kriegst du ein Kindergefühl hin und damit diesen nun eben doch einmaligen Weihnachtszauber.

Isolde, etwas neidisch, weil sie noch nicht so weit war (und wahrscheinlich zu Halinas seltsamer Verwandlung nie vordränge), erinnerte an die eheliche Kompromissfessel und daran, wie wunderbar pflichtenfrei sie beide als Singles Weihnachten angehen könnten. Nimm nur Bea Liebmann, Halina! Na schön, wir hätten es tausendmal leichter ohne Rücksicht auf die Männer und ihr verdammtes angebliches Recht auf die Weihnachten-Total-Tradition.

Halina hörte sich weniger neiderregend an, sogar als sie hinzufügte: Aber wenn du dir einprägst, ich tue Gutes, dann passts auch zum Fest, stimmts? Oder hab ich recht? Beides, gab Isolde zu.

Gäben die Frauen nur Frieden, Weihnachten wäre gar kein Schrecken: In Zimmer 764, dicht eingenebelt, zogen Harry und Bernd dieses Fazit nach der Addition sämtlicher Missmutsposten, seufzten nochmals in den kleinen dämmrigen Tag draußen, nicht mehr lang sieben Etagen über dem Alltag und vor ihm geschützt.

Wie *alle Jahre wieder* würden sie post festum *Es war o. k.*

sagen. Und, nach Art der Frauen überschwänglicher, käme in der weiblichen Verständigung Weihnachten als großer Erfolg heraus.

Das neue Jahr erstreckte sich kalt und unerfüllt vor ihnen allen. Kaum noch Nebel über den Niederungen.

Arthurchen schreibt seinen Wunschzettel

Weil Doktor Goldmann sie immer auf den letzten Termin platzierte, gleichsam als Dessert zur Belohnung für ein lustlos runtergekautes Hauptgericht, hielt Alwina sich für seine Lieblingspatientin. Es war schon dämmrig, Regen entlang der Fensterscheiben passte, wenn auch nicht dieser jetzt: Bis zum Parkhaus würde sie heute im Geschiebe der Weihnachtseinkaufsidioten länger als sonst brauchen, und sie würde nass. Als wäre sie es bereits, schob sie ihre abgesackte Frisur hoch, dankte dem milden Schein aus Doktor Goldmanns Schreibtischlampe für die Gnade mit ihrer faserigen Dauerwelle samt verjährter Tönung. Als ihr Rezept aus dem Drucker in die langen (Alwina fand: geistvollen) Finger des Doktors glitt, ergänzte sie ihre Beschwerde über die unzumutbaren Bedingungen der Existenz um den Zusatz: Wissen Sie, ich komme ja von Zeit zu Zeit raus. Sehe, wie es anderswo zugeht, in Ehen, und dann finde ich meine verdammt eingeengt. In das Schweigen ihres Arztes lancierte sie einen Seufzer, von dem sie hoffte, er würde als übertrieben und insofern selbstironisch gedeutet; strategisch zweckdienlich: kurz auflachen (gewiss konnte Doktor Goldmann quengelige Eheklageweiber nicht ausstehen) und ihr Flirtgesicht machen und dranhängen, dass sie ihren Mann ja liebe, trotz allem … Sonst säße ich ja nicht hier, oder? Ich meine, sonst säße ich beim Scheidungsanwalt. Na ja, jung gefreit und so weiter, auch Spruchweisheiten irren. Puh und jetzt noch Weihnachten. Es ist immer ein kompliziertes Fest.

Nach ihren Audienzen bei Doktor Goldmann hätte Alwina ein Problem damit, zu berichten, mit welchen Argumenten denn er *seinen* Dialoganteil bestritt. Wars überhaupt ein Dialog? Woran sie sich immer erinnerte: Er nickte mit dem Kopf. Er wiegte den Kopf hin und her. Er sah unentwegt gescheit aus. Und blass. Vielleicht war der Ärmste um diese Zeit wirklich müde. Ein verleumderisches angebliches Geheimnis aus der Psycho-Branche, anvertraut von ihrer Nachbarin Leni Nieder, hatte Alwina empört: Ich weiß es von mindestens drei Therapeuten, dass sie schlafen, wenn sie nach den ersten fünf Minuten wissen, wie es weitergeht. Ihr Biorhythmus hat sich so angepasst, dass du nichts davon mitkriegst, weil sie in Sprechpausen in ein Schlafwachdösen fallen und dann einfach irgendwas einwerfen.

Etwas mehr Freiheit wäre, Sie wissen schon … Alwina flirtete verstärkt und wünschte sich diese miesepeterige Zimtziege, ihre Nachbarin, ins Sprechzimmer, damit sie vor Neid auf des Doktors Zurücklächeln platzte. Ja, Weihnachten! Grässlich! Nichts ist mehr so, wie es war, aber er glaubt: doch.

Wir beide wissen, sagte Doktor Goldmann nicht zum ersten Mal, aber er sagte was, und folglich *war* dies ein Dialog: Ihr Mann meint es gut, unentwegt gut.

Ganz schön anstrengend. Alwina schob wieder die Haare hoch und glaubte ans Gedankenlesen. Hinter der hohen Stirn ihres Seelenprofis lief ab: Sie ist eine temperamentvolle, attraktive Frau, jedoch in Fesseln. Man reißt sich um sie, der, an kurzer Leine, eine Menge entgeht. Hat dennoch ein paar interessante Abstecher in die Freiheit riskiert. Was nicht zutraf, er aber müsste mit neugierigem Respekt drauf schwören. Mit gespieltem Trübsinn blickte Alwina auf ihr hochgeschätztes Rezept: Pillen, Pillen. Ganz schön paradox, er missgönnt sie mir …

Er ist um Sie besorgt.

Klar ist ers, aber ich hätte die niedlichen unschuldigen Leberwerte eines Babys, wenn er und ich … wir sind total verschieden. Alwina glänzte den Doktor an, dann klang sie nach Stromstärke Werweißwas, Mega-Watt: Wahrscheinlich bin ich zur Solistin geboren. So habe ich mir die Ehe nicht vorgestellt. Alwina fand sich plötzlich matt. Infizierte sie sich an Doktor Goldmanns Bierruhe? Regen floss an den Fensterscheiben. Vom Patientensessel aus, 8. Etage, überblickte man die östliche Innenstadt, in deren Konglomerat jetzt die weihnachtliche Dekorationsbeleuchtung aufstrahlte. Lichtergirlanden über Straßen hängend, Glühbirnchenchristbäume, Sternchen und sonstiger Schnickschnack an Gebäudefassaden. Weil Weihnachten wie die Androhung einer Katastrophe auf Alwina eindrosch und Angst sie aggressiv machte, ging sie in die Offensive: Vor meiner Ehe hatte ich Weihachten gern. (Null und nichts vom Gegenüber, war doch was dran und mit seinem Biorhythmus nicht in Ordnung?) Ich weiß, meine Zeit ist so gut wie rum …

Nun nun, sagte Doktor Goldmann höflich, aber auf seine Uhr schaute er doch, schlecht getarnt beiläufig. Wir haben noch eine Viertelstunde. Er hörte sich privat an bei der Bemerkung, außerdem hätte er am Abend nichts vor.

Denken Sie an Ihr Familienleben! Alwina drohte mit ausgestrecktem Zeigefinger und fand das gleichzeitig albern.

Das kommt schon noch dran. Doktor Goldmann hörte sich nach Aperitifs und Crackers und feucht an und sah häuslich aus, womit sich zwischen seiner Patientin und ihm eine elend machende Kluft auftat. Ätsch! Zur Strafe frag ich aber diesmal nicht nach deinem possierlichen Nachwuchs und dem wundervollen Weihnachtsfieber bei dir zu Haus! Doktor Goldmann hatte eine Melange von Kindern aus verschiedenen Ehen, eigene, übernommene, und wirkte sofort weniger klug, wenn Alwina, um sich beliebt zu machen, Miniaturen aus seinem Privatleben recherchierte. Er war ein bisschen jünger als sie. Ihr kam das gar nicht so vor. Sie stand auf. Sie hasste es, Anlass für Ungeduld zu liefern. Aufhören, solang es noch schmeckt. Auch am Dessert konnte man sich überessen. Trotzdem, das musste sie noch loswerden: Beim geringsten Anlass zaubert und zetert mein bedauernswerter Mann aus seinem Fundus das üble Material hervor, das gegen mich verwendet werden kann. (Die Männer! Sie sind hinter ihr her! Alwina las wieder Gedanken.) Er glaubt fest, dass ich Spirituosen hinter Büchern verstecke, er fand hinterm »Philosophischen Wörterbuch« Red Label, und ich kann x-mal beteuern, es ist zu Weihnachten und für dich, er glaubts nicht.

Doktor Goldmann war auch aufgestanden, und Alwina

fürchtete, dass die Nachspeise allmählich banal schmeckte. Mach deinen Abgang! Lächeln stand ihr extrem gut, sie wandte es an: Du kannst das Rumpoussieren nicht lassen: auch so eine paranoide Beschuldigung. Und? Auch der Doktor lächelte und sah nun wieder so hochintelligent aus, wie ers war. *Können* Sie es lassen?

Wie zwischen zwei Komplizen, freute Alwina sich, blieb diese Frage offen, und sie schlüpfte in ihren Mantel, den Schal schlang sie um die hochgeklappten Revers. Ihr stummes Das-steht-mir-prima beantwortete Doktor Goldmanns Physiognomie mit Ja-und-wie!

Ihr erster Blick beim Eintreten in Nr. 207 fiel auf das Arthurchen. Die Eingangstür ging gleich ins Wohnzimmer, und kritische Gäste, es handelte sich dabei stets um weibliche Gäste, die scheinheilig wohlmeinend wissen wollten, ob das nicht ein Nachteil sei, fertigte sie schnell ab: Überhaupt nicht! Es ist übrigens amerikanisch. Ach, das Arthurchen von hinten! Die auf dem Rücken seines karierten Hemds nach Knabenart gekreuzten rot-weißen Hosenträger verkleinerten ihn so babyhaft beistandsbedürftig, dass es Alwina jedes Mal mit genussvoller Rührung ans Herz griff. Was für ein Schatz! Seine Gewissenhaftigkeit, vertieft in eine Schreibarbeit, las man ihm von diesem leicht gebeugten Rücken ab. Wie immer nach ihrer Stunde bei Doktor Goldmann kämpfte sie mit schlechtem Gewissen und, wenn sie ihren gegen Honorar geduldigen Zuhörer einbezog, einem Gefühl der Blamiertheit. Eheproblemchen, kombiniert mit Weihnachtsphobie: In seinen Augen luxuriös, auch lächerlich. Seine Hauptklientel setzte sich gewiss aus ähnlich gelagerten Pseudopatienten zusammen, und richtige Psychotiker oder Schizophrene und was es sonst noch so alles gab, würden ihn vitalisieren. Ach, tröstliches Arthurchen! Unterwegs zu ihm (sie hatte gehofft, er und nicht dieser Erwachsene, ebenfalls von der Ehe Enttäuschte würde in Nr. 207 warten) hatte die Erinnerung an ihre Litaneien wie trüber Dunst vor ihrem Blick auf der Fahrbahn gehangen, nach ihrer Sprechzeit war sie eine schlechte Verkehrsteilnehmerin. Heute Abend beschädigte zusätzlich die vorweihnachtliche Begehrlichkeit ihre Konzentration. Noch mehr als drei Wochen bis zu diesem zur Familienidylle hinuntergemogelten Fest, und schon bunkerten die Leute drauflos.

Die Mami ist zurück, rief sie, und das korrekte Arthurchen, weil es zu tun hatte, kurz angebunden, die ehrliche Haut, antwortete nur: Hallo. Bis gleich.

Alwina, auf die das Arthurchen eine sedierende Wirkung ausübte, brauchte trotzdem in der kleinen Küche anderthalb Lexa 20 mg und setzte die Espressomaschine in Gang. Dass Arthurchen ihr Angebot (Wäre nicht jetzt eine Schokomili ideal?) ablehnte und Espresso vorzog, enttäuschte sie. Gut, sagte sie sich, nimms als Vorgeschmack auf den Zusammenprall mit der Erwachsenenwelt. Die gewönne in gar nicht ferner Zeit mit dem Auftritt von Arthur I. die Oberhand. Könnte von einer auf die andere Minute passieren. Das arbeitsame Ganz-bei-der-Sache-Sein von nebenan und ihr kleines Kopfchaos brachten es mit sich, dass sie sich, zurückversetzt in Doktor Goldmanns 8. Etage, schmutzig vorkam, als dächte sie in der Kapelle an Spaghetti Vongole, während dem chronisch gutgelaunten Liebling aller alten Stiftsdamen des *Heureka* und Sunny Boy (mit fast achtzig rosig glatt wie ein Baby) auf der Kanzel endlich doch noch einfiel, dass es so etwas wie Liturgie gab und womöglich Gott und man, statt Geschichtchen zu erzählen, einen Psalm vorlesen könnte. Oder als schweife sie inmitten von Schuberts 5. in Kaffeehaustratsch-Frivolitäten mit ihrer Freundin Tilla ab. Habe ich nicht, indem ich meine Ehe mit Geistesschmutz bewarf, statt des Angeklagten mich selber getroffen? Üble Nachrede: igitt! Decouvrierend. Zeugnis von Charakterschwäche. Und dazu das infantile Weihnachtsgejammer, Schuldzuweisung wieder Richtung Ehe. Via Arthurchen könnte sie alles gutmachen. Bekäme Doktor Goldmann *das* mit, o weh, dann würde sie sich aus einem kratzbürstigen Reff in eine ernstzunehmende Patientin verwandeln! Die Arthurchen-Methode katapultierte sie hinauf ins Reich der Perversion und parallel dazu ihren Wert als Lieblingspatientin, exotisches Dessert. Jeder Termin mit ihr interessant. Aber auf diese Weise wollte sie ihn nie und nimmer interessieren.

Was machst du da eigentlich? Alwina, vom Blick auf Arthurchens gekreuzte Hosenträger ergötzt und profitierend, stellte die Espressomaschine neben seinem Papierkram ab. Deine Mami verwöhnt dich, Espresso ists normalerweise nicht, was Bübchen trinken.

Ich schreib meinen Wunschzettel, antwortete Arthurchen.

Prima!, lobte Alwina, der die Auskunft einen Stich versetzte, und prompt bekam sie ihren Bleimagen, jetzt: den

Weihnachtsmagen. Armes Waisenkind, sagte sie, und vor ihr erschien das blaue Schumann-Notenheft; seit ihrem Umzug hierher drückte sie sich vorm Klavierüben, besonders vor ihren Lieblingsstücken in Moll. Klimperte Rokoko-Dur-Geplänkel, ging flotter, war aber leichter und für Nachbarn ein imponierender Eindruck (doch wenn sie nach der erlaubten Zeit spielte, klopfte es gegen die Wand, ach: Nachbarn!); bei traurigen Sachen durfte man keine Fehler machen. Das Arthurchen war ein verständiger Zuhörer. Aber das war ihr Mann auch. Kinder blieben immer sachlich. Ihr Mann jedoch, o unterschlagener Liebesbeweis, lobte nach dem Fehlermachen im Ritual des Vater-Töchterchen-Spiels: Interpretation und Ausdruck sehr gut! Einfach göttlich! Spiele wie die konnten nicht pur irdisch sein, sie hingen mit dem Himmel zusammen. O Himmel, vergib mir meine Tiraden bei Doktor Goldmann! Diese Demonstration eines tyrannischen Dompteurs. *Ehe habe ich mir anders vorgestellt … zur Solistin geboren …* und all das Herumschäkern! Als Arthur senior sie damals gegen den Mammutbaum stemmte und fragte (was genau?) und sie *Ja* sagte, sich unter Ehe überhaupt nichts vorgestellt hatte. Nur antizipiert: Wird sensationell, gleich nachher *Ich bin verlobt* dem zusammenströmenden Familienteam entgegenzuposaunen.

Arthur junior zog mit Wunschzettel und vier leeren Papierbogen ab, und Alwina schwankte zwischen Mitleid und Weihnachtspanik. Arthur ginge ins Büro runter, nach sechs wars günstig, er würde den Wunschzettel viermal kopieren, einer ginge ins Wallis zu Alwinas Schwester Emma, die ihn, was für ein Trost, ernst nahm; drei müsste sie ihrer Rollstuhl-Mutter und Tante Lore schicken, einer unzuverlässigen Erledigerin, deshalb die Kopien; das Original bliebe zur Sicherheit an Ort und Stelle, und wie viele Wünsche via Erfüllung abgehakt werden könnten, bliebe bis Weihnachten peinvoll offen. Alwina müsste täglich mit Mutter und Tante telefonieren, circa zweimal wäre der Wunschzettel unauffindbar, sie würde die Kopien kuvertieren und dazukritzeln: Bedenkt, wir haben ein Kind in der Familie. Die Familie von Arthur senior erlebte die schöne Amnestie dank Dahingeschiedenseins, räkelte sich auf irgendeinem friedlichen Wölkchen. Alwina halluzinierte ihren Ex-Vorratskeller, das *Lager*, leer geräubert vor einer Lebensmittelbestellung, wenn sie an die Überreste ihrer Familie dachte: Notproviant, verfallene Haltbarkeitsdaten. Bedenkt: Kinder sind gierig, genießt Arthurchens Orthographiefehler! Seine Kinderschrift!

Frau Benz war noch da, baut sich neben mir auf und glotzt. Ha! Mein Sütterlin, sagt sie, ist für sie wie Sanskrit: Das berichtete, wie schade um die Arthurchen-Verwöhnungsphase, Arthur I., Arthur senior, der vom Kopieren heraufgekommen war.

Zeitgleich mit der Rückkehr des einen und einzigen und maximal erwachsenen Arthur, den auch Hosenträger so bald nicht wieder in ein Kind verwandeln könnten, neckte Doktor Goldmann die älteste Tochter aus seiner Crew, ohne Aussicht auf Frieden stritten sie und ihr Bursche sich ums Rechtbehalten: Euer Kriegsschauplatz und ihr beide, erinnert mich alles an meine letzte Patientin heute. Auch so eine Zweisamkeitsnovizin. Eine Eheanfängerin.

Und wie wars beim Seelenklempner? Arthur hatte sein Wunschzettel-Original gut verwahrt und jetzt Ruhe.

Doktor Goldmann sagte: Von der Kulturfrau im *Heureka* weiß ich, dass trotz Weihnachten für meine Patientin und ihren Mann und ihr reichlich rundes Ehejubiläum eine Surprise-Party geplant ist. Noch nicht golden, aber längst nicht mehr silbern. Und sie fühlen sich wie frisch verheiratet, er sicher auch. Sie liegen immer wieder im genau gleichen Clinch wie du und dein Amigo. Sogar Weihnachten, wie bei euch, liefert Streit- und Horrormaterial.

Es war okay bei ihm, antwortete Alwina. Nur meint er, werd nicht wütend, aber mit Rücksicht auf meine Nerven, er meint, Weihnachten soll ich diesmal sausen lassen.

Wieder zeitgleich wetterte Arthur gegen Doktor Goldmann, während der lachte: Macht euch keine Illusionen, ihr Kindsköpfchen, ich versprechs euch, es hört nie auf.

Sylvia kommt an Weihnachten

Kein Anlass, im Subaru herumzukramen, aber Robert tat es, er faltete die zwei Tragetaschen für ungeplante Einkäufe neu zusammen, er fingerte sich durchs Handschuhfach, wo er doch wieder die bei den Steuerunterlagen fehlende Tankquittung nicht fände, nur vielleicht bei gründlichem Aufräumen – gute Gelegenheit, für die er aber zu faul war. Ebenso fürs Aufhängen einiger Gartengeräte am immer noch unbenutzten Wandgestell, angeschafft im Oktober, montiert im November, und übermorgen schon war Weihnachten. Weihnachten hatte überhaupt nichts mit irgendwas zu tun, was die Garage betraf. Deshalb war sie ein Asyl. Ins Haus integriert, zwar kein vollkommenes Versteck, aber jetzt, spätnachmittags, bei seiner Rückkehr aus der Firma, ein vorläufiger Schutz vor der Mitwirkung am Familienleben. Seit Daniels Zimmer für Sylvias Weihnachtsbesuch geopfert worden war (viel zu früh, und, verdammt, ausgerechnet er, Robert, hatte die Idee unterstützt, Sylvia einzuladen, Wochen her, sie war mit Riesenabstand die attraktivste unter den Freundinnen seiner Frau) und seit an der Tür zur Bibliothek als Weihnachtszimmer das Schild NO ENTRY hing, hockten Daniel und seine Freundin Moni in Roberts Arbeitszimmer, wo sie einen verlorenen eintönigen Eindruck machten. Schlechte Idee Ediths, seiner Jugendkultfrau mit dem Bestreben, die seltsamen Kinder zu verwöhnen. Denn nun wusste Robert, wenn er nach Haus kam, nicht wohin mit sich. In meinem eigenen Haus weiß ich nicht, wohin mit mir, würde er in wenigen Minuten zu Edith sagen, die das und damit ihn selber nicht weiter ernst nähme. Wie immer würde sie ihn in die Ödnis einer *Plauderei* mit den Kindern schicken. Sie blieb fröhlich dabei, *Plauderei* zu nennen, was er ihr als trübste Absurdität wiedergegeben hatte. Na, wie gehts, wie stehts, frage ich. Wie solls schon gehen und stehen?, fragt unser genialer Sohn. Ich mache *haha*, ich frage: Schon Pläne für die Feiertage? Unser rhetorisches Diskurstalent Daniel fragt: Was sollen wir schon für Pläne haben? Und ganz sein Niveau Freundin Moni, die zu allem und jedem kichert, wenn sie nicht gerade *cool* sagt.

Edith lachte versöhnlich. Vielleicht machst du ihnen Angst? Sie sind schüchtern, wir sollten das positiv sehen, die meisten sinds nicht, schüchtern. Oder ist es das: Erwachsene finden sie ziemlich schrecklich, einfach stur … und wenn schon Daniels Dialoganteil nicht genial ist, ich gebs zu, das ist er nicht, dann sind auch deine Fragen alles andere als genial.

Robert kickte die rechte Schuhspitze gegen das in sich verschlungene zusammengeringelte Bündel, den blassroten Gartenschlauch, der in eine andere Ecke geräumt werden sollte: auch zu faul. Seit ein paar Tagen freute er sich nicht mehr auf Sylvia. Sein Objekt der Neugier war nur noch Grund zu anonymen Befürchtungen. Über dem Gartenschlauch bebte ein Gespinst aus verstaubtem, schmutzigem Sommerangedenken. Halbwegs ernstgenommen hatte Edith ihn übrigens vorgestern doch: Wenn du kein Plätzchen Zuflucht mehr im Haus findest, dann erkenne darin deine Strafe. Ich habe dich alten Gästegegner noch nie so stimuliert erlebt wie bei der Zustimmung zu meinem Schnappschuss-Einfall, Sylvia einzuladen. Sie hatte gelacht, aber mütterlich-gutartig wie bei der Beobachtung eines Kindes.

Robert warf die schwere feuerfeste Garagentür zu, schloss oben und unten ab und lief über den kleinen Gang, der zum bewohnten Teil des Hauses und zur Treppe ins Parterre führte. Bis hierherunter roch es nach Gewürzen, Weihnachtsgebäck roch wie Ediths Straußenfilets, und wieder rührte Robert die brave, sogar eifrige Mitläufermoral ihrer Saisontapferkeit, denn Haushalt allgemein ertrug sie nur schlecht und mit dem Beistand laufender TV-Geräte und Radios, und sie kochte und backte nicht gern, aber mutig. Bei Küchenarbeiten faszinierte sie ihn: Sie war wuselig schnell, erfinderisch, alle Handgriffe hatten etwas Verwegenes, die Resultate erwartete sie mit Neugier. Ach, Frauen! Fremdartige Geschöpfe. Sie waren anfällig, sanfte Busen, die furchtbar leicht Brustkrebs kriegten, und doch das stärkere Geschlecht.

Auf der Treppe mit dem Ziel Küche, Edith, nahm Robert sich vor, trotz Mitleidsschwall wie beabsichtigt zu empfinden: vorwurfsvoll, weil man ihn ohne Rückzugschance ins Familienleben geworfen hatte. Aber als er sie dann sah, erhitzt und voll beschäftigt (sie beugte sich über ein Backblech mit weißlichen Sternchen, kleinen Figuren, Herzen), machte seine Stimmung einen Schwenk, und er musste denken: Meine Kleine, meine draufgängerische kleine Edith, und ich war es vor siebzehn Jahren, der sie zur Zukunft dieser chaotischen Hauswirtschaft verdonnert hat, und als sie vor dem Pfarrer am Altar *Ja, ich will* herausbrachte, dachte sie bestimmt nicht an Weihnachtsgebäck. Edith schob das Blech zurück in den Backofen und sagte: Ich glaube, es braucht noch circa acht Minuten. Es sieht noch so bleich aus. Und er sagte diesmal nicht: Warum hältst du dich nie an Rezepte? Man müsste nur auf die Uhr sehen. Und er würde, wenn die Plätzchen wieder entweder angebrannt oder roh schmeckten, die Tat des Backens für sich nehmen und bewundern, genauso wie er in diesem Moment Edith bewunderte: wie frisch verliebt, wie bei einer ersten Entdeckung eines wieder neuen Reizes. Warum auch nicht? Noch jeder Kollege, den er nach Haus mitgebracht hatte, war von ihr verzaubert worden. Edith war keine Schönheit, älter wurde auch sie (nicht jetzt an Sylvia denken, nicht jetzt vergleichen, drohte Robert sich, bezwang seine Abstecherassoziationen), Edith war lieblich, nur allmählich nicht mehr kindlich genug für die Art, wie sie sich gab. Aber Männer lieben Frauen, die einen schutzbedürftigen Eindruck machen, und im Kreis der übrigen stattlicheren oder auch nur größer gewachsenen Ehefrauen blieb sie der Typ *kleine Studentin, Anfangssemester.* Weil sie so klein war, musste sie aufblicken, weil ihr großer Mund zum Lächeln geformt schien, lächelte sie, es sah so aus, es sah nach dem von Männern geschätzten Du-weißt-es-besser und Hilf-mir-bitte-Aufblicken aus. Ein Eindruck, der im Zusammenleben mit Robert mehrmals pro Tag täuschte.

Robert, der das jetzt so wollte, dachte nun an Sylvia, und zwar um sich zu beschimpfen. Er war ein hinterhältiger Idiot. Mit einer Frau wie Edith brauchte man keine Sylvia dieser Welt. Große Gefühle waren es auch überhaupt nicht, die ihn zu Sylvia zogen. Aber schon ein paar Gramm Verliebtheit (eigentlich nur Neugier) warf er sich als Untreue vor. Immerhin wünschte er sich keine Ausweitungen dieser Empfindung.

Schluss für heute. Edith wischte sich mit Mehlfingern mehliges braunes Haar aus der Stirn. Sie sah erhitzt aus, und es stand ihr gut, auch das Mehl im Haar, und sie wusste es nicht. Weil sie, um Robert anzulächeln, zu ihm aufblicken musste, wirkte sie undefinierbar mädchenhaft demütig und ein wenig sphinxhaft.

Du siehst wie Isabelle Huppert aus, und zwar wie die junge Ausgabe von ihr, sagte er.

Ja ja ja, sagte sie und schob ihn an, rückwärts, Richtung Tür. Ich muss aufräumen, für Sylvia wollte ich noch diese Zimt-Kokos-Dinger machen, sie schwärmte von ihnen, ich hatte sie an meinem Geburtstag, ein purer Zufall aus Teigresten, aber jetzt reichts mir erst mal.

Zerstreut sagte Robert den Satz vom eigenen Haus auf, in dem er nicht wusste, wohin mit sich, und Edith sagte, sie hätte sich mit Teiglecken und süßen Backdüften den Magen verdorben und sähe nicht voraus, dass sie ein Abendessen zustande brächte.

Stell einfach irgendwas hin, riet Robert.

Sehr hilfreich, sagte Edith, und dann schickte sie ihn zu den Kindern: Sei einfach nett zu ihnen. Frag sie nicht nach der Schule und so was. Lotse sie einfach in eine Konversation rein, es geht, bei mir gehts, und sie sind nicht doof, alle beide nicht.

Alle beide wirkten aufgescheucht, als Robert mit aufgesetzt erfreutem *Willkommen ihr zwei!* eintrat, mit dem Gefühl: In meinen eigenen vier Wänden als Gast, sogar als Störenfried. Sein Sohn sah ihn leer an. Daniel war normalerweise fast etwas zu hübsch, modisch auf dem letzten Stand, von der teuren Frisur bis zu den teuren Reeboks. Moni schaffte es, trotz Irritation hübsch zu bleiben. Doch sah sie nicht so aus, als würde sie heute die Messlatte Lächeln/Kichern überspringen und in Ediths Fata Morgana, einer Konversation, landen können. (Wie wärs mit Biopolitik und alldem?, hatte Edith ihm noch nachgerufen: Seit Wochen ließ sie nichts Gedrucktes innerhalb dieser Thematik aus.)

Hallo, sagte Daniel lahm. Als litte er unter Sauerstoffmangel, dachte Robert, und Hallo, sagte Moni. Sie war sogar aufgestanden, streckte ihre Hand aus, und Robert nahm sie, sie war weich und winzig, und er wusste nicht recht, wann er das Stückchen Fleisch wieder freigeben sollte. Hallo, ihr zwei, sagte er, und Moni klemmte sich wieder neben Daniel auf die Couch (auf der, wenn es gerecht und nicht nach Ediths Strategien zuginge, er selber sich für seine angestammten zehn Minuten ausstrecken würde).

Moni redete so leise und verwuschelt wie all die jungen Leute, die Daniel bisher mitgebracht hatte. Imitierten sie mit dieser unhöflichen Sprechweise irgendwelche TV-Lieblinge? Robert fiel ein, dass heute Abend Sylvia in *Frauen trauen Dr. Stark* zu sehen wäre. Als unkalkulierbare Verlockende würde sie den sehr humanen, sittliche Werte hochhaltenden Alleskönner-Arzt, den zwischen Geburtshilfe und Organtransplantationen und als inoperabel diagnostizierten Hirntumoren (*er* entfernte sie!) nichts aus der Fassung bringen konnte, mit ihrem komplizierten Sex-Appeal um 21 Uhr 15 wieder aufs Äußerste verwirren. Und jedes Mal verstand Robert den Dokter intensiv. Weil die Irrealität, darin den vermutlich ähnlichen Arztserien ähnlich, offiziell tief unterhalb ihrer Ansprüche platziert war, funktionierte Sylvia als Freundin wie ein Alibi: Freundinnen sieht man sich im Fernsehen an. Sylvia war die Genehmigung fürs wohlige Einsacken im Kitsch. Als kürzlich Edith sich an eine Folge noch zu gut erinnert hatte (längst sahen sie bis zur nächsten abgedrehten Staffel die Wiederholungen), war ihr Votum für eine andere Sendung von Robert überrollt worden. Freimütig, was bei Edith leichtfiel, hatte er gesagt: Aber auf Sylvias Auftritte verzichte ich ungern. Sie ist zu komisch in dieser hingestöhnten verführerischen Brünstigkeit. (*Komisch* war gemogelt, *verführerisch* nicht.)

Ediths Toleranz, sie sahen die Folge, hatte prinzipiell viel Lebenserleichterndes. Trotzdem, oft ärgerte sie Robert auch. Sie war daran schuld, dass Sylvia im Freundeskreis glänzte, seltener Gast, der auf Berufsreisen bei ihnen Station machte und privat eigentlich genau die kassandrische, mysteriöse Dr.-Stark-Gefühlsverwirrerin aus der Serie blieb. Er fragte sich, ob die Freunde am Trio Edith/Robert/

Sylvia herumrätselten. Wenn das weniger Toleranz bei Edith und mehr eine ihrer schlauen Strategien war, wusste er nicht, worin der Zweck sich versteckte. Aber vielleicht handelte es sich um Unschuld. Edith sah nicht nur mädchenhaft aus, sie war es auch. Sylvia, der Feiertagsbesuch: Als *unschuldige* Idee fand Robert sie immer weniger gut.

Na und wie gehts?, fragte er die Kinder. Und um Wiesolls-schon-gehen abzuwimmeln, fügte er hinzu: Gespannt auf Weihnachten?

Sah so aus, als seien sie es nicht. Hörte sich auch so an, Nuschelantwort und Kichern. Beim sechzehnjährigen Daniel, der keinem Elternteil glich (als wäre er auf der Säuglingsstation vertauscht worden) und schon mit dreizehn seine kleine Mutter um einen Kopf überragt hatte, und bei seiner possierlichen Moni deutete kein Anzeichen auf große Liebe hin. Nicht in Gesellschaft, korrigierte Edith als Verteidigerin mit optimistischer Phantasie, um das verstockte Pärchen in Romeo und Julia, beste Leidenschaftstradition, zu retten. Kommt seine Moni denn jetzt täglich? Warum können sie nicht mal einen Abend bei Moni zu Haus hinter sich bringen?, hatte der dauernd aus Ediths schnell wechselnden Weihnachtsbetriebsamkeiten verscheuchte Hausherr gemurrt und lernen müssen, Monis Eltern hätten weniger Platz als sie. Die Gernands, sie sähen es nicht gern, wenn ihre Tochter Daniel in ihr Zimmerchen abschleppte. Und wir, wie gern sehen wir das umgekehrt bei uns? Nach Ediths Logik war dann aber, wenn auch sie und Robert in diesen Dingen noch ein wenig altmodisch dächten, das blockierte Arbeitszimmer die ideale Lösung.

Um eine Tochter unter ungeschickter Knaben-Brutalität hätte auch er gebangt: Edith hatte recht mit der Vermutung, eine Tochter mache in diesem problematischen Alter der Imitationsversuche (TV-Sex, all das) mehr Sorgen als ein Sohn, vor allem Vätern. Sie schwang den Pinsel, mit dem sie ein Backblech einfettete. Sie sagte: Aids kriegen meistens aber die Burschen vor den Mädchen. Natürlich nicht Daniel. Robert hatte keine Ahnung, aber es blieb dabei: eine verliebte Tochter, und eine Tochter hatte er sich immer gewünscht, ein zartes Mädchen, sie wäre zart geworden, kaum ertragen hätte er die Sorgen um sie. Seinen Sohn konnte er sich nicht als Liebhaber vorstellen, nur als stur und blockiert bei Annäherungen, und er ärgerte sich über sein Mitleid. Allerdings erübrigte sich jede Sorge, wenn die zwei sich allein so eintönig benahmen wie vor anderen.

Edith kam besser aus mit diesen *Kindern*, sehr gut gelang ihr eine Komplizenfreundschaftlichkeit, wofür Robert beides empfand: eine gewisse Bewunderung, noch mehr jedoch Unbehagen. Du bist anpasserisch, du bist eine Mitläuferin, hatte er ihr ein paarmal mit einem im Scherz gut versteckten Missmut vorgeworfen, ohne schlechtes Gewissen, denn Edith, und das war ihr Gleichmut, ihre Geduld mit ihm und dem So-Sein der Verhältnisse, Edith lachte ihn bloß aus, gutmütig nannte sie ihn einen störrischen alternden Griesgram und neidisch obendrein.

Raucht ruhig weiter, sagte Robert zu Romeo und Julia, im Bestreben, wenigstens auf halber Höhe mit Ediths Beliebtheit zu konkurrieren. Wie immer fand er es schwierig, dem fast ununterbrochenen (und nicht auch wieder lustlosen, mehr pflichtgemäßen?) Inhalieren der zwei zuzusehen. Er dachte an ihre jungen unverdorbenen Körper, Bronchien, Lungenflügel, Blutgefäße, Herzkranzverzweigtheiten und deren erste Verlustanzeigen, Schadensmeldungen, in die sie seltsam lahm abdrifteten, während es so aussah, als könnten sie das ebenso gut lassen. Wenn nur das Leben nicht so unerträglich langweilig wäre. Wie unerträglich schrecklich das Leben war oder jederzeit sein könnte, ahnten sie überhaupt noch nicht. Und er dachte auch an den wundervollen unbescholtenen Körper seines Sohnes als Kind, dem es auf der Welt noch gefiel, weil er nicht nachdenken musste, und an die ersten Ich-werde-erwachsen-Warnungen: Nein, tut mir leid, aber ich hab was anderes vor und so weiter … Daniels Reaktionen auf die gewohnten väterlichen Fragen: Fährst du mit uns zum See? Die Lockenten sind schon im Kofferraum. Es ist Fischfangwetter, wie wärs mit Angeln?

Robert zündete sich auch eine Zigarette an. Seine Hoffnung, die Kinder würden beim Zugewinn eines Mittäters aufleuchten, erfüllte sich nicht. Was habt ihr Schönes erlebt?, fragte er.

Was sollen wir schon erlebt haben?, fragte Daniel.

Noch Probleme mit Mathe, Moni?, fragte er diesmal raffinierter, denn darauf war nur eine Auskunft möglich. Er hatte sich getäuscht. Bei Moni war immer Gekicher möglich. Doch, o Wunder, sie schloss es ab mit einem Soso-Lala. Robert machte es schwieriger: Was meint ihr, sollte man mit Sterbenden reden und wie, worüber?

Keine Ahnung. Daniels schwunglose Replik war immerhin eine Antwort.

Überleg doch mal.

Wozu sollte ich?

Überlege, ob es Sterbenden hilft oder ob sie lieber ihre Ruhe haben wollen. Robert interessierte sich überhaupt nicht für diesen thematischen Diskurs. Er wusste nicht, warum er weitermachte. Ediths Eifer in der gegenwärtigen biopolitischen Debatte fiel ihm ein. Was haltet ihr vom Klonen? Er hatte das Extrem gewählt, für die Jungen sicher das Einfachste und Interessanteste. Eingebettet in Monis lautmalerische Information, sie seufzte, überraschte ihn sein Sohn mit der Überwindung seiner Maulfaulheit: Niemand bis auf ein paar Wissenschaftler weiß doch, was genau man davon halten soll. Es geht wahrscheinlich zu weit, ich meine, wenns nicht mehr bloß Schafe sind, wenn es bei Menschen gemacht wird. Moni sagte, mitten im Kichern: Ich bin total dagegen.

Beim Abendessen (Edith hatte doch nicht *einfach was hingestellt*, es gab gebratene Bohnen in sehr scharfer Chili-Sauce) sagte Robert zu den stumm, aber jetzt nicht lustlos schmausenden Kindern: Ich wüsste ein tolles Weihnachtsgeschenk von euch beiden für deine Mam, Daniel. Ihr wisst, Sylvia wird da sein, und deine Mutter wird gern stolz auf dich sein wollen. Und auf dich, das Mädchen seiner Wahl. Er zwinkerte Moni zu, wobei er, etwas gemein, dachte: Das mag sie. Mädchen sind, ohne es genau zu wissen, immer mehr in die Väter ihrer Freunde verliebt als in diese Knaben. In die richtigen Männer, die sich auskennen. Er fühlte sich beschwingt. Da ernüchterte ihn sein Sohn ausgerechnet mit psychologischer Cleverness. Er sagte, wobei er sich Bierschaum vom Mund wischte: Das ist nicht Mam, die wir stolz auf uns machen sollen, das bist du selber. Du bist es, der dieser Sylvia imponieren will.

Und Edith genoss es. Da sieh einer an, rief sie. Hat er den Durchblick oder nicht, Liebling, sag selber. Sie lachte, sie hatte immer noch etwas Mehl im Haar. Es stand ihr immer noch gut. Am Tisch sitzend, nicht viel kleiner als die andern, musste sie nicht aufblicken. Trotzdem blieb sie kindlich, sie sah trotz der feinen Fältchengewebe um den Mund noch immer nicht wie eine Frau aus, die in zwei Jahren 50 wurde.

Zur echten Heiterkeit hatte Robert ein paar Dosierungen mehr simuliert. Spricht für mich als Familienoberhaupt, der Stolz auf meine Lieben. Es beweist, dass ihr mir nicht gleichgültig seid.

Haha, meckerte Daniel. Diese Sylvia ist dir nicht gleichgültig.

Ist sie nicht, klar. Ich ließe sie sonst nicht hier rein.

Was ist das denn für ein Weihnachtsgeschenk?, fragte Moni, höflich winkte sie ab, als Edith ihr mit Fragezeichenblick die Schlüssel hinhielt: Nein, danke, ich fürchte, ich bin satt.

Ich fürchte, Daniel ahmte sie gestelzt nach, du hast Angst vorm Dickwerden.

Moni kicherte, wurde damit fertig, erklärte den Eltern ihres Freunds: Ich habe bis jetzt noch kein Gewichtsproblem, nicht wirklich. Aber eins mit dem Sattwerden. Ich bin oft viel zu satt, ich merke es immer erst so zwanzig Minuten nach dem Essen.

Deshalb ists mit ihr schwierig, essen zu gehen. Wenn sie bestellt, kann sie nicht beurteilen, ob sie zu viel bestellt. Daniel grinste.

Ich kann es bei Tisch nicht entscheiden, ob ich satt bin beziehungsweise ob ich es sein werde.

Das hört sich doch schon richtig gut an, lobte Robert.

Was hört sich schon richtig gut an?, fragte Daniel.

Es ist fast das Weihnachtsgeschenk, das ich meinte, sagte Robert. Ich dachte an Konversation. Wenn wir im Arbeitszimmer zusammen sind, seid ihr nicht sehr unterhaltsam. Und deshalb, damit Sylvia euch ein bisschen glanzvoller erleben sollte, stelle ich mir vor, dass ihr euch auf ein Thema vorbereitet, wir sprechen das noch ab, und darüber könnten wir gemeinsam reden.

Das wirkt aber ganz schön unnatürlich, sagte Daniel.

Ich lach mich halb tot. Edith sah aber ziemlich ernst aus. Als sie anfing mit Scheinwelt, Fassade und Sylvias Humor, unterbrach Robert sie, klang mit Absicht beleidigt: Und ausgerechnet dir zuliebe dachte ich, wir bringen irgendwas mit deinem Bio-Zirkus aufs Tapet, dem Für und Wider.

Das Match endete unentschieden, es gab noch Kaffee und Kostproben von Ediths heutiger Backkunst, trotz ihres des Süßen überdrüssigen Magens griff auch sie zu, aus Wissensdurst, sagte sie, und weil Chili sie gerettet hätte, und dann, längst wieder gut gelaunt, erklärte sie, auch eine Bio-Konversation halte sie für keine gute Idee. Wie sollt ihr andern euch auf den derzeitigen Erkenntnisstand bringen, von heute auf morgen? Gut, ich habe haufenweise Material gesammelt, aber wer hätte Lust, sich das über Nacht einzupauken? Außerdem wäre Sylvia eine Freundin, und vor Freundinnen brauche man nicht zu renommieren. Und die Jungen sollten ihr eigenes Weihnachten haben, sich nicht mit den Alten mopsen. Daniel zündete für sich und Moni Zigaretten an, grinste mit seinem Vater: Für *dich* weiß *ich* ein prima Geschenk. Eins von dir für die Mam.

Und das wäre? Dreh mir doch auch mal eine von euren, Moni.

Wirklich? Moni blickte Daniel fragend an, was Robert rührte und reizte.

Mach ruhig, ließ sich Daniel gnädig vernehmen.

Da sagst du immer, sie wären nicht amüsant, sagte Edith zu Robert, der das etwas rätselhaft fand. Lass schon, sagte er. Er fürchtete, es seien doch Joints, die sie rauchten. Joints, aber ohne Wirkung auf sie. Bei ihm würden sie wirken. Auf einmal war ihm trübe zumute. Seine Unlust zu Experimenten und dass er auch plötzlich zu müde fürs Familienleben hier am Tisch war und gern allein gewesen wäre, machte ihm bewusst, wie alt er geworden war. Woher nahm Edith ihre rundum interessierte Ausdauer? Er wurde neidisch, er imaginierte Sylvia in die kleine Gruppe hinein, was ihn noch mehr deprimierte. Dazu addiert ab morgen schon die Szene vor dem Hintergrund des geschmückten Christbaums, Nadelgehölz- und Kerzengeruch. Aus Rache sagte er: Das Leben ist unerträglich. Lest Tschechow, er sagt das dauernd.

Das Leben ist immer noch besser als das Nichtleben,

sagte Edith. In der Bio-Debatte hat bisher kein einziger Kardinal bedacht, dass Nicht-Lebende nicht sterben können, also nie in den Himmel kommen. Sie argumentieren noch so versiert und haben das Allereinfachste vergessen. Ha, rief sie aus, und ich habe deine Weihnachtsgeschenkidee für deinen Dad vergessen, Dani! Robert erwachte aus den Untiefen seiner glücklosen Abschweifungen: Ich bin kein *Dad*, und er heißt *Daniel.* (Ein netter Kerl, dachte er über sich, ich schimpfe mit meiner brauchbaren, lieblichen kleinen Frau, lasse sie meinen Abscheu vor ihrer anpasserischen Jugendmitläuferei spüren und müsste doch nur denken: gut, sie will mithalten.)

Na ja, ich glaube, ich sags besser nicht, entschied Daniel und blieb, trotz weiblichen Bettelns, bei der Aussageverweigerung. Während Robert *das ist ziemlich kindisch* monierte, wollte er von Daniels Idee nichts wissen. Düstere Befürchtung, so etwas Ähnliches käme heraus wie: Du sollst nicht in Sylvia verknallt sein.

Die Tischgesellschaft wanderte in die Küche ab, die Fortsetzung des Abends war ungeplant, und Robert verzog sich, in die alte Gartenjacke verpackt, ins Freie.

Anscheinend hatte auch sein Nachbar Oberheim nach dem Essen noch etwas Nachtluft schnuppern wollen. Robert traf ihn im Schein einer der Straßenlaternen oben auf dem Wall, an den ihre Grundstücke grenzten.

Riecht eher nach März, sagte Oberheim. Im Dunkeln mit Monstermantel sah er so gewaltig aus wie einer der uralten Platanenstämme, die auf der Ostseite den Wall säumten. Meine Frau redet seit Wochen den Fernsehwetterleuten hinterher von weißen Weihnachten, angeblich weil die Enkel kommen, dabei waren beide vor kurzem noch Säuglinge. Die Männer lachten. Es sind die Frauen selber, die den Schnee und den ganzen Kitsch wollen. Die bedeutungslose Übereinstimmung tat Robert gut. Es steckte doch einiges dahinter. Er und Oberheim hatten sich nur auf den ersten Blick nichts zu sagen. Ja, die Frauen. Die beiden kamen überein, dass wieder Lachen passte, diesmal grimmiges. Von da an, Robert dachte, vielleicht habe auch Oberheim allein sein wollen, gingen sie schweigend nebeneinanderher. Verknallt bin ich nicht, aber recht hätte er trotzdem, der seltsame Junge, sein Sohn, der den Mund halten konnte. Robert peilte ein reuiges einsames Gefühl an. Es entstand einer dieser Schnappschussmomente von Verwaistheit.

Sterne, brummte da Oberheim, kaum zu glauben, dass so viele noch längst nicht alle sind.

Robert sagte: Es ist nicht zu verstehen. Kaum zu glauben, haben Sie gesagt, aber wahrscheinlich hilft nur das. Genau das. Er wusste nicht, warum er sich plötzlich gut fühlte.

Und Oberheim sagte: Ist ja auch Weihnachten.

Und wie über die Frauen lachten sie grimmig. Meine Frau, sagte Robert, findet das Leben okay und warum? Weil man sterben wird, und anders als durch Sterben kommt keiner in den Himmel.

O du fröhliche, sagte Oberheim.

Danach respektierten sie wieder das Alleinsein als eigenen und als Wunsch des andern und bewahrten ihr Schweigen.

Mit Weihnachten ist es nicht getan

Verdammt, war denn heute Vollmond, oder gabs überhaupt nichts im Fernsehen? Kaum hatte Bernie Hurwitz sich (zum wie vielten Mal?) den Artikel unter der Schlagzeile *Schweres Zugunglück in Indien* vorgenommen, da war er auch schon wieder einem ihm wohlgesonnenen Störenfried eingefallen. Sich um ihn zu kümmern schien für Lücken im heutigen Abend das ideale Füllsel zu sein, und er sah die Buchstaben seines Namens in den letzten, bisher noch nicht besetzten Kästchen eines Kreuzworträtsels vor sich. Bernie Hurwitz hob erst nach dem fünften elektronischen Terz-Appell ab (*erstaunlich und etwas enttäuschend: er hat es nicht eilig, kommt allein zurecht* – sollte doch keiner sich einbilden, er lauere vor dem Telefon auf Kontakt!), und dann hörte er zu seiner Erleichterung ausnahmsweise keine weibliche Stimme. Männer fassten sich kürzer, wurden nicht sentimental, und es war Klaus Rebmann, der von seiner Isi ausrichten sollte, Bernie sei ihnen immer willkommen (und so weiter und so weiter, setzte Bernie die Botschaft stumm fort, während er sich täppisch und infiziert beim Dauerbedanken fühlte). Isis Vater ist nicht ganz okay, und sie meinte, sie müsste mal nach dem Rechten sehen, aber sie hat mir einen Zettel hingelegt. Klaus klang eifrig abgehetzt, schlechter, als Isi es gekonnt hätte (überhaupt: die Frauen), bekam er den Bernies trauriger Lage angemessenen Ton hin. Warte, Bernie, ich lese dirs einfach vor … also hier schreibt sie: Ruf mich jederzeit an, immer, wenn dir danach zumute ist. Mir wird es bestimmt jederzeit und immer danach zumute sein. Also tus bitte, ja? Bitte nicht nach zweiundzwanzig Uhr. Klaus Rebmann räusperte sich, wirkte etwas verlegen. Hat sie schön gesagt, oder? – Hat sie, sagte Bernie. – Nun, mein Alter, halte dich dran. Sie sagt, was sie meint. Was auch sonst gegen Isi sprechen könnte, ehrlich ist sie. – Sie ists wirklich. – Na, dann machs mal gut. Beinah hätte ich gesagt, schönen Abend noch, man hat diese Floskeln dermaßen drauf … Alles klar? – Floskel!, rief Bernie und wurde dafür gelobt, dass er noch zu Scherzen aufgelegt sei. Übrigens hätte Isi ihm auch noch irgendwas wegen Weihnachten aufgetragen, aber Klaus Rebmann wolle das lieber ihr überlassen, bei ihnen schmiede sie die Pläne. Alles klar? – Das sei es, bestätigte Bernie, auf den der angeheiratete Freund einen erlösungsbedürftigen Eindruck machte. Da schenkte Isi ihm schon endlich einmal einen freien Abend, aber selbst in den hatte sie listig diesen problematisch gefühlstrüben Auftrag gepflanzt. Bernie fragte sich, ob ihn die Ehemänner aus dem Freundeskreis ein wenig beneideten. Zumindest partiell und natürlich nur für den Fall, es gäbe die Freiheit, subtrahiert um die Verpflichtung, sich in einen Trauerkloß zu verwandeln.

Zurück im Sessel, bedauerte er, dass ihn das indische Zugunglück nicht mehr fesselte, und auf der Suche im Wirtschaftsteil nach dem Hin und Her um die Vermögenssteuer, kam sie oder kam sie nicht, überlegte er: Welchem von den befreundeten Ehepaaren war bis jetzt, kurz vor der Regionalschau, noch nicht die interessante Idee gekommen: Rufen wir doch mal wieder den guten armen Bernie an (es wären die Frauen, deren Kommunikationslust ein ideales Ziel entdeckt hatte, und ihre Männer, die sie nur zu gern für eine Zeitlang an Bernie ausliehen). Bernie Hurwitz war dreiundfünfzig, vor einundzwanzig Jahren hatte ihn die gleichaltrige Loretta Schuch geheiratet und vor knapp fünf Wochen zum Witwer gemacht. Als Witwer sah sich Bernie nicht, er konnte nicht begründen, warum nicht und ob es sich bei dem Empfinden, vom wohlmeinenden Freundeskreis in diesen Status niedergezwungen zu werden, um Paranoia handelte. Aber Loretta hatte das getan, und er *war* ein Witwer, und manchmal, nicht zu oft, zensierte er ihren Tod als unfair. Das Gemunkel über die Hurwitz-Ehe bildete er sich bestimmt nicht nur ein. Lorettas Freundinnen (bis auf eine Ausnahme: Mehr-oder-weniger-Freundinnen) stupsten ihn in die nun kalte Suppe seiner zuletzt doch überschwappenden Sorgen, sie machten ihn zu einer Art Feuerwehrmann für eine unglückliche Frau, welch schwieriges Amt! (Sie sagten das lieber indirekt: Besonders lebenslustig war sie ja seit längerem wirklich nicht mehr.) Unglückliche Frau? Lethargisch war Loretta geworden, gleitender Übergang aus dem Vorstadium Melancholie, ein Herz-Schmerz-Zustand, in dem sie ihn mit allerdings unerfüllter Liebe zu einem Groschenroman-Geiger nach Strich und Faden betrogen hatte. Es sah so aus, als hätten alle mehr darüber gewusst als er, der nie etwas davon wissen wollte.

Erst durch ihren Tod wurde ihm beängstigend deutlich, dass er sie immer noch liebte. Obwohl er sich darüber, wie sie herumlag und wie sie die Mühsal ihrer doch bequemen Tage in Seufzer einnebelte, kaum abgeschwächt ärgerte.

Weil Loretta das ganze Melodram mitten in die Vorweihnachtszeit platziert hatte, brachten die Anruferinnen auch jedes Mal, und seit dem ersten Advent immer weniger nur marginal, das bevorstehende Fest aufs Tapet. Bernie Hurwitz, gerade erst konzentriert aufs Für und Wider um die Vermögenssteuer und endlich bei der wutlösenden Zeile, die mit dem Bundesverfassungsgericht und dessen Verdikt begann, wurde erneut am Telefon verlangt. Er wartete nicht vergeblich darauf, dass auch bei Simone Beck sehr bald Weihnachten drankäme. Immer bei diesen Gesprächen wurde Bernies Mundraum trocken, und ein Salzgeschmack tapezierte ihn mit einer Schicht, die seine Zunge nicht vom Gaumen abreiben konnte.

Ja, ja, Weihnachten, bestätigte er und fand sich knechtisch, wie es ihm meistens passierte, wenn es um all das Beileid ging, so als unterjoche ihn die von zwar befreundeten, aber doch fremden Menschen über ihn verhängte Ehrenschuld, die ihn dazu zwang, sich wie ein armer Tropf zu benehmen. Unglücksrabe Bernie, dem die Nebelkrähe Loretta davongeflogen ist. Und was hatte es mit dem Heraufbeschwören von Weihnachten (als einem wegen Heiliger Familie und dergleichen besonders komplizierten Fest, wie stets erwähnt wurde) wohl anderes auf sich, als dass alle die Gewissenspflicht quälte, ihn einzuladen? Und mit ihm, dem frischgebackenen, zugleich aber trostlos altbackenen

Jammerlappen, ihre gewohnten Vergnügungen (Geschenke auspacken, zu viel essen und trinken) zu dämpfen?

Das gesamte Wochenende war wie verhext, Dauervollmond oder eine andere astronomische Beeinflussung, denn wer am Freitagabend noch nicht angerufen hatte, rief am Samstagabend an, am Sonntagabend ebenfalls, und wer bereits angerufen hatte, rief nochmals an.

Bernie, Lieber, warnte um achtzehn Uhr sieben Ulla Rilling, mit Lorettas traurigem Datum hast du ja auch ein scheußliches Pech. Ich meine wegen Weihnachten, es ist so schwierig für Einsame. Aber ob wir wollen oder nicht, es steht vor der Tür.

Ja, gewiss. Das tut es nun mal. Weihnachten nahm allmählich für Bernie Hurwitz eine bedrohliche Gestalt an, es personifizierte sich in der Kreuzung eines der überlebensgroßen Weihnachtsmänner, die in diesem Jahr die breite Schwingtür des *Palace* flankierten, mit einem Ku-Klux-Klan-Monster. (Es steht vor der Tür, bla bla bla, bellte Bernie mit einer inwendigen Rebellionsimitation die im Grunde wohl gutartige Ulla an.)

Die seufzte tief: Du weißt, Loretta hat sich von Jahr zu Jahr regelrecht davor gefürchtet, ich meine, vor Weihnachten. Aber wem sag ich das, du wirst es noch besser als ich wissen.

Bernie wusste es und vielleicht sogar besser, aber nicht, dass Loretta, eine scheue Person und im Gegensatz zu ihren gesprächigen Freundinnen geradezu stumm, ihre Lebensabgewandtheit herausposaunt hatte, vertraulich sogar Frauen wie Ulla Rilling gegenüber, von der sie doch oft behauptet hatte: Sie ist so gar nicht mein Typ. Und die meisten waren auch »so gar nicht ihr Typ«, aber sie hatten sich in der kleinen exklusiven Villenvorstadt seit vielen Jahren bald zu künstlerischen Zusammenkünften, bald zu Kaffee und Bridge getroffen und einmal pro Monat im *Tivoli* zum Abendessen und dafür gesorgt, dass Loretta, als sie ein Problem zu werden anfing, bei der Stange blieb. Das bewirkte Mildred, Lorettas einzige wahre Gefährtin, mit der ein Austausch von Gleich zu Gleich möglich und jedes Mal für Loretta therapeutisch war (an das von *Gleich zu Gleich* glaubte Bernie nicht, vielmehr an Mildreds mit einer Spur Neugier kombinierte Geduld; Mildred hatte ein Psychologiestudium abgebrochen, in ihren Worten: aus Enttäuschung über zu viel Schnickschnack und Banalitäten und vor allem weil sie jedem Lehrmeister beim Blick ins menschliche Seelenleben haushoch überlegen war). Zu Mildred war Bernie immer besonders liebenswürdig und oft in Gefahr, sie, wie vorher Loretta, auch zur Vertrauten zu machen, aber bei diesem Telefonat enttäuschte sie ihn, sobald sie mit ihrer Lösung des Weihnachtsproblems loslegte: Loretta liebte die Musik … Vor Bernies Augen erschien der halbseidene hochromantische Geiger, eine Figur aus ziemlich weit zurückliegenden Zeiten, den er trotzdem nicht vergessen konnte, allein deswegen nicht, weil Loretta, inzwischen viel zu passiv für sentimentale Nebengleise, oft so ausgesehen hatte, als denke sie an diesen Romantik-Gangster. Mittlerweile hatte Mildred wissen wollen, was er von ihrer Idee eines kleinen geistlichen Konzerts, so richtig besinnlich, und jedem erschiene Loretta als das Zentrum des Ganzen, denn nun hielte, und er hielt überhaupt nichts davon, er hatte gerade an die Becks gedacht und dann an die Rebmanns und sich gefragt, bei wem er das interessantere Essen und die sparsamste Emotionsdosis bekäme, aber er antwortete ausweichend, er müsse sich das noch durch den Kopf gehen lassen. Einem neuen schädigenden Einfluss auf sein Gemüt durch das Gefühl, ans Rad gebunden zu sein, kam ein prima Einfall zuvor: Überhaupt, Mildred, steht noch gar nicht mal fest, ob ich nicht einfach über die Feiertage ausbüxe. Mildred, obwohl sie sich enthusiastisch gebärdete, hörte sich doch etwas enttäuscht an. Darauf wäre ich nie gekommen, Bernie, aber es ist genial. Bernie war auch bis zu diesem Moment nicht darauf gekommen, genial fand er sich nur als einen, der sich wehren konnte, und zum Verreisen hatte er überhaupt keine Lust.

Und ebenso wenig dazu, ins fröhliche Fest der Familie Ritter amalgamiert zu werden: das kurz auf Mildreds ernstes Programm folgende Angebot. Das merken wir doch kaum, würde die lebenslustige Bella ihren sturen Franz überredet haben, die Kinder kommen, bringen ihre Freunde und Freundinnen mit, Tamara hat auch halbwegs zugesagt, und der ganze schreckliche Hurwitz-Kummer wird einfach untergebuttert. Etwas erlesener präsentierte sie Bernie Hurwitz ihren Vorschlag, schaffte sogar einen Knacks in ihrer immerwährenden Munterkeit und hinderte sich an den vielen kleinen Lachschüben, ohne die sie bei unbelasteteren Verlautbarungen nie auskam.

Dass Weihnachten ein verzwicktes Datum sei, erfuhr Bernie, nach kurzer Erholung, von Sirin Siegel, die er attraktiver fand, als sein ethisches Empfinden (vor allem in der Trauerzeit) ihm erlaubte, aber heute ärgerte sogar sie ihn. Auf die Waagschale geworfen, erwies ihre Schönheit sich als leichtgewichtiger Reinfall, während die andere Schale (Bernie war hungrig, und bald kämen die Nachrichten) tief nach unten sank. Denn nachdem Sirin sich dazu bekannt hatte, dass auch Heribert und sie mit Weihnachten ein Problem hätten, schien sie vom Wunsch durchdrungen, vor Bernie die gigantische Hürde noch um einiges zu erhöhen, und dann musste sie ihm auch noch auf die Augen drücken, die Hurwitz'sche Kinderlosigkeit erschwere alles. Sie prophezeite ihm ein extrem prekäres Fest. Bernies Gier, seine Selbstachtung zu retten, fand keinen Stoff. (Kurz zuvor hatte er in *Natur und Wissenschaft* gelesen: *Die Gier nimmt zu, der Lustgewinn nimmt ab.* Es war in dem Artikel um Drogensucht gegangen.) Sirin sagte: Falls du nicht schon anderweitig vergeben bist, Heribert und ich, wir lassen die Tür sozusagen angelehnt. Könnte sein, dass du es nicht schaffst. Loretta fand Weihnachten beängstigend. Ich auch, dachte Bernie, als er sich schon wieder beim gehorsam dankenden Zustimmen ertappte und dabei als albernen Nachplapperer sah, auch in Sirins schönen Augen.

Wirklich, mit Loretta war Weihnachten jährlich mehr zum Albtraum geworden. In diesem Augenblick erschien sie ihm leibhaftig, eine träge Kassandra, die sich dem Ereignis entgegenstöhnte, sich durchs Haus wälzte, und er vermutete wieder einmal, dass ihr Tod vom weiblichen Teil der befreundeten Paare als Selbstmord auf Raten diagnostiziert wurde. Bernie Hurwitz hatte die Nachricht damals zwar etwas schmalzig, aber doch unverfänglich durchgegeben: Eine von diesen nicht weiter außergewöhnlichen Virusinfektionen hat sie dahingerafft. Sie war ja sehr geschwächt. Doch wusste anscheinend leider nicht bloß er von ihren schädlichen Neigungen (schluck schluck: zu viele Tabletten, gluck gluck: zu viele als Bitter Lemon getarnte Gin pur – na schön, die uralte Queen Mom schaffte höhere Gindosierungen, hatte aber Zähigkeit und den Mut, es nicht heimlich zu erledigen, auf ihrer Seite), und weil es zu Komplikationen und Streiks anderer Organe gekommen war, versagten nach mehr als sechs Klinikwochen die Therapien. Bernie hatte nie mehr ihren Körper gesehen. Es hätte ihn interessiert, ob sie während der Krankheit abgenommen hatte und wieder, wenn auch um einundzwanzig Jahre älter, das schlanke Mädchen geworden war, in das er sich, zu jung, um etwas von Liebe zu verstehen, doch für verliebt gehalten und das er ohne lange Bedenkzeit geheiratet hatte.

In der letzten Zeit, parallel zu ihrer Schwermut (die Bernie, den das jetzt reute, oft als Selbstdisziplindefizit und Faulheit, sich aufzuraffen, gedeutet hatte), war Loretta schwerfällig geworden, sie bewegte sich zu wenig, sie war nicht richtig dick, nicht fett, aber für ihr klein gebliebenes Köpfchen mit der braunen Haarkappe schon von den Schultern abwärts zu massig. Und jetzt wusste Bernie genau, was Liebe war. Rückblenden wiesen ihm den Weg zur unermatteten Loretta, die beispielsweise an guten Tagen zu ihm gesagt hatte: Du siehst aus wie Robert Mitchum nach einer Diät. Und daraufhin sein Kompliment an sie: Und du bist

Joan Fontaine in *Verdacht*. Dann wurden beide Hurwitzens in der Mitte ihrer Vierziger ältlich, was Bernie bei sich für eheliche Infektion hielt. Aber auf Dienstreisen fühlte er sich fit von den ersten Kilometern der Entfernung an und entlassen aus der Erschöpfung, mit der Loretta ihn ansteckte. Und jetzt? Gemischte Gefühle, denn er liebte sie ja, aber warum kam er sich vor wie nach dem Abstellen eines viel zu schweren Koffers? Frisch gebadet und vielleicht bald sogar verjüngt? Er wollte nicht der arme Bernie sein, und warf nicht eine unglückliche Frau ein schlechtes Licht auf den Mann, mit dem sie verheiratet war? Das Hurwitz-Pärchen: abgestempelt, deformiert. Höchste Zeit, den Spieß umzudrehen. Aber wie?

Bis zum Countdown, Weihnachten, musste Bernie, von Loretta posthum zum Erbarmungswürdigen geadelt, noch viel zu viel telefonieren, nur zu zwanzig Prozent dienstlich (er ging wieder in die Kanzlei). Vor allem die Abende denke ich mir schwierig, flötete Gerda Simbach, abends, wenn es zu zweit gemütlich wird. Und Bernie, der empfand, dass das Verwaistsein ihn wie ein Element umgab (ein Onkel und eine Tante zogen seine Einsamkeit auch noch ins Lächerliche), brummelte: Jaja, diese Abende … wobei er Loretta und sich vor dem Fernseher dösen sah und zugleich nervös an sein Karibik-Sun-Dinner in der Mikrowelle dachte und überlegen musste, wie er schnell zu einem würdigen Gesprächsende käme (dankbar-besinnlich-bedrückt und so weiter und so weiter) unter Auslassung des profanen Motivs: Mein Essen wird kalt. Diese logorrhoischen Weiber! Sie erwarteten sicher von ihm, dass er sich bis auf weiteres bloß ab und zu ein paar Nüsse in den Mund warf. Ich dachte schon dran, dich zu fragen, was mit einer Reise wäre, eine Reise hat damals Mitchi sehr geholfen, und dabei wars bei ihr bloß Liebeskummer, aber dann hörte ich was läuten von wegen, dass du selbst draufgekommen bist, lobte Margret Benner, die sich beim letzten Kontakt dazu bekannt hatte, Loretta habe ein Loch in ihr Leben gerissen. Sie hat mir so viel bedeutet, sagte sie diesmal. Bernie, verhutzelte Karibik Sun als Negativ einer Fata Morgana vor Augen, stachelte sich zu unbotmäßigem Selbstbewusstsein an, fragte: Wie viel?, tilgte die Bosheit mit Ziegengemecker und summte weich, er wisse, er wisse ... Wie gut für dich, dass du wenigstens ringsum von Freunden umgeben bist und so wunderschön wohnst: Neuerdings mehrten sich die Hinweise auf die paar Pluspunkte in seiner trüben Bilanz. Ein oder zwei Joker waren auch in seine Karten gemischt. Wir sind doch wie eine einzige große Familie hier in unserem Villen-Hügel-Ghetto, dieser wunderschöne Einklang.

Als das Hurwitz-Paar es sich endlich leisten konnte, nach Park Pilgerrast umzuziehen, einer exklusiven Vorstadt mit großen alten Gärten, auf die Loretta seit langem ihren sehnsuchtsvollen Blick geheftet hatte, genoss sie den Wechsel nicht wie erhofft, weil ihre schöne Nachbarin Sirin Siegel störte (sie nannte als Grund: Sie ist so laut), aber auf die neue Adresse blieb sie stolz. Bei Wegerklärungen zu ihrem Gipfel fügte sie immer hinzu: Stellt euch Neu-England vor, davon hat es was. In diesen Momenten erschien ihr Park Pilgerrast noch so vollkommen wie vor dem Umzug, wenn sie das Terrain als Spaziergängerin bewundert hatte und sich dort als Eindringling fühlte. Armes Ding.

Bernie, erholungsreif nach dem Weihnachtsschrecken, der ihm oktroyiert wurde, schlug die Romanstelle auf, an der er Lorettas Lesezeichen fand, zuerst las er gedankenlos einen ehelichen Streitdialog, aber dann fesselte ihn eine Passage, in der ein Mann seines Alters die Partygesellschaft schockierte. Shady Hill, Schauplatz der Szene, ähnelte Park Pilgerrast, der Mann ihm: Outsider durch Lebenspech, in das ihn die Freunde tauchten wie Franzosen ihre Brioche in Milchkaffee. Und wie fulminant, aus dem Hinterhalt und den griechischen Chor, der ihn mit seinem Elend nur zu gern volldröhnte, bitter enttäuschend, dieser Seelenverwandte in die Offensive gegangen war! So wirds gemacht! Bernie prägte sich die Szene ein, und auf der Surprise-Party, die am ersten Weihnachtsfeiertag bei den Becks zu seinen Ehren und zu Lorettas Gedenken gegeben wurde, wartete er auf sein Stichwort. Die Surprise bestand in einer Versammlung aller Fifty-Fifty-Freundinnen, deren Männer nicht vollständig erschienen waren, die Beteiligten kamen und gingen. Während irgendjemand behauptete (Bernie konnte sich nur auf eines konzentrieren: Ende der Unterwürfigkeit), Loretta sei »mitten unter uns«, belehrte jemand anders ihn darüber, dass die Hurwitzens ihr oft wie Waisenkinder vorgekommen seien; beide habt ihr so früh eure Eltern verloren, aber da sind immerhin noch Onkel und Tante … und Bernie, seiner trübsinnigen Biographie lauschend, bedrohte doch wieder ein Erstarren im Aggregatzustand des Notopferbedürftigen, der Lächerlichkeit. Leg los, ermahnte er sich und dachte an den Roman.

Zur Bewirtung (Canapés, Salate, Gebäck und diverse Desserts) hatte jede Frau etwas beigesteuert, die Glühbirnenkerzen am Christbaum, einer symmetrisch gewachsenen gigantischen Edeltanne, ließen Kugeln und Lamettasträhnen glitzern, und den imponierenden Aufwand untermalte Musik (*es wäre in ihrem Sinn gewesen, nicht wahr?*): ewig wiederkehrend, Lorettas Favorit, Max Bruchs Violinkonzert, das in Bernie eine Evokation des Romanzenstehgeigers auslöste. Er hatte schon etwas zu viel Wodka Lemon getrunken (zu den Drinks ließen sich auch die Männer blicken) und kapierte Gerdas Drängen nicht: Du wärst uns auf jeden Fall willkommen, es wird lustig, Danielas Baby ist so süß, lustig bestimmt, aber nicht geistlos, ich meine, nicht ohne den Geist von …

Bernie, den man am 24. Onkel und Tante überlassen hatte (sie waren zu seiner Erleichterung wegen des ungewissen Wetters nicht gekommen, und er war nicht zu ihnen gefahren), schon für den zweiten Weihnachtsfeiertag bei den Rebmanns (nur im engsten Familienkreis) gebucht, fiel ihr ins Wort: Aber das hier jetzt ist ja Weihnachten, und morgen … – Bernie, ich rede von Silvester. Du wirst an diesem ja auch sehr zum Grübeln verleitenden, auch sehr schwierigen Datum immer noch einsam sein, man kommt so leicht ins Bilanzieren und so was, und bei uns wärst du abgelenkt, nicht auf die alberne Tour, obwohl wir lustig sein werden, und genauso wie an diesem wunderschönen Abend wirst du deine Trauermiene ablegen … Das Stichwort!

Bernie, alter Knabe, höchste Zeit für die Rebellion! Alles Anspornen hatte bisher nichts geholfen, doch als plötzlich irgendeine Frau seine Wange streichelte und eine andere (nicht etwa die schöne Sirin), jemand, der nach Margret klang, ihn mit überbackenen Zucchini über die nächste Trauerklippe lotsen wollte, überkam ihn das Gefühl, Loretta schützen zu müssen, mehr um ihre als um seine Ehrenrettung ging es. Die Erinnerung an die geeiste Fischpastete (24. 12.), die heutigen Delikatessen, in Aussicht gestellte Johannisbeertorte (von wem?) schien Loretta, unfähig, auch nur einen einzigen Gast zu bewirten, nochmals und ekelhafter als in Erde zu begraben. Zwar passte sein Veto aus dem Roman dazu ganz und gar nicht, aber auf ein anderes war er nicht trainiert.

Liebe Freunde, fing er großartig an, dankbar für all die Caritas bin ich euch selbstverständlich, nur solltet ihr wissen: Man muss mich nirgends unterbringen. Feiert eure Feste ohne Trauerweide und Leichenbitter, obwohl auch das vermutlich einfach mal eine neue Variante war, dass Weihnachten eine verdammte Problemwucht ist, habt ihr mich reichlich wissen lassen, aber langweilig ists auch, he he, alle Jahre wieder … Bernie hörte Applaus, sein Blick war vor Nervosität verschwommen, wahrscheinlich hielten sie ihn für betrunken und auf dem Gipfel seines Witwerunglücks. Und ließen ihn deshalb gewähren. In Park Pilgerrast las man die bedeutendste Tageszeitung gründlich, und über Psychologie wussten sie Bescheid. Dies hier schien ihnen urschreiähnlich. Ich habe Pläne, und die werden euch erstaunen. Bernie erinnerte sich an seinen seelenverwandten Freund aus Lorettas Roman. Eine von euch hats mit mir und Weihnachten am originellsten gemacht, versteh mich nicht falsch, hat sie gesagt, und ich solls einfach mal ausfallen lassen, und darum, dass ich das könnte, würde sie mich beneiden. Aber wie gesagt, ich war noch nicht so weit, nur jetzt habe ich Pläne, und leider verderben die euch den Mitgefühlsspaß als Beobachter meiner Blamage. Ihr denkt, der arme Bernie steht im Schatten, in den ihn Lorettas Unglück stellt. Zugegeben, sie hat mich oft gereizt, ich fand, sie sollte sich einen Ruck geben und irgendwie, so wie ihr es macht, aktiv herumwuseln und das Leben für interessant halten, aber mittlerweile erkenne ich: Loretta war weise. Es spricht nicht allzu viel für das Leben, wenn man sich nichts vormacht. Und in diesem Ghetto hier, auf unserm Hügel, sollte man lieber nicht an der Oberfläche kratzen, es ist nämlich nichts drunter. Alles hohl, überflüssig. (Bernie hörte immer wieder ein paar anfeuernde Zurufe, Lacher, ab und zu klatschte jemand, alle amüsierten sich prächtig, und seine Rezeptoren fahndeten nach dem maximalen Verstoß gegen alles, was recht war.) Könnte sein, dass ich wieder heirate. (Bernie übertrifft sich selber, rief jemand ins allgemeine Gequietsche.) Ihr kennt sie nicht, aber abgesehen davon, dass sie Amerikanerin ist und in Südbaden eine Episkopalgemeinde aufzieht mit Klosterurlaubsangebot, was ich wohl annehmen werde … (Weiter! Du machst das toll! Und jemand gab ihm ein volles Glas.) Und obwohl mir die Dreieinigkeit gegen den Strich geht, also trotz allem ähnelt sie Loretta, sie hat einen kranken Kiefer wie sie, sie mag Milky Way und keine Automaten, und beide haben eine Rhabarberallergie und nur noch zwei Weisheitszähne, und fast auf den Tag genau im Juni, als sie zwölf waren, hatten sie ihre Blinddarmoperation … Loretta, sie raffte sich nicht auf, alles hab ich ihr an Weihnachten erlassen, Gebäck, erst recht eine Gans, eine Pute ebenfalls … Bernie ging es wider Erwarten beim Protestbekenntnis nicht gut, seit Anbeginn ging es mit ihm bergab, und es half kein Anfeuern seiner Zuhörer mehr, er wusste nicht mehr weiter, musste sich setzen. Nur noch irgendwas, Bernie, bettelte jemand, und als er aufsah, erkannte er im vernebelten Blick die schöne Sirin, die der armen Loretta die ersehnte Umsiedlung auf den Wohngipfel getrübt hatte, und so viel vom Bernie Hurwitz, an den er gewohnt war, steckte doch in ihm, dass er sich zusammennahm, seine Ideenwerkstatt ankurbelte. Und außerdem mag diese Frau genauso wie Loretta eigentlich keine Musik, und wenn schon, dann nicht die Streicher.

Der Jubel brandete auf, aber Bernie erinnerte sich am nächsten Morgen beim Aufwachen in tiefster Katerstimmung an ein langwieriges Schweigen, in dem es tuschelte, ganz so als wären ihm die Ohren alle beide zugefahren. Das Einzige, was er halbwegs verstehen konnte, jetzt immer noch und diesmal ziemlich laut hörte, war: Wir werden uns weiter um ihn kümmern müssen. Mit Weihnachten ists nicht getan. Wir teilen ihn unter uns auf. Und es ist ja nicht mal langweilig.

Als wäre es Weihnachten

Arnold

Jeder muss Weihnachten irgendwie hinkriegen, oder? Man muss es einfach erledigen und fertig.

Aber ein beängstigter Gesichtsausdruck ramponierte die wackere Weihnachtsforschheit, mit der Rupert Billing mich ermutigen wollte. Mir schien er seine Familienszene zu halluzinieren, die Schwiegereltern, seine dominante Mutter und ihre klägliche Schwiegertochter, Ulla, seine Frau, unfriedlich gruppiert um den Weihnachtsgans-Esstisch bei den kaschierten Streitsticheleien der Dialoge.

Wir hatten einen Fensterplatz in der Ministeriumskantine ergattert. Kein netter Zug von mir, doch leider die Wahrheit: Billings gequälte Physiognomie war es, die mir nützte, sein Plädoyer fürs aufrechte Durchstehen hingegen überhaupt nicht. In Momenten wie diesem, er leidet nachträglich und im Voraus, geht etwas Tröstliches aus von ihm, den in seinem engeren Kreis alle nur Bill nennen, folglich auch ich, ich gehöre in diesen engeren Kreis, es ist ein kleiner Kreis.

Ich knurrte: Stille Nacht, bla, bla, bla … Weihnachten, Fest des Überfressens und der überflüssigen Geschenke.

Hast du schon was für Hilda? Beim Blick in sein Gesicht

musste ich an einen vom Traktor zerfurchten Acker denken. Ich hab nämlich noch nichts für Ulla.

Kauf ihr eine Batterie Flaschen, he? (Zynisch gehts uns am besten.) Am Tisch dort, in Bills Negativ-Fata-Morgana, hatte er sich im letzten Jahr, mit Blick auf die verstockte Ulla, zornig vorgewagt und mir stolz berichtet: Weihnachten, ich bitte um Gehör (er war aufgestanden!), Weihnachten, wenn es euch Frauen darum geht, die Farce in der Gans zu rezensieren, wir Männer mit der Eisenbahn spielen und unsere Ruhe haben wollen, Weihnachten ist zu etwas für Kinder heruntergekommen. Demzufolge sollten wir Erwachsenen die einschlägigen Gottesdienste besuchen und weniger essen, und damit hat sichs. Ich lobte ihn, er sagte: Ulla, ob ich nun was erreiche oder nicht, und natürlich erreiche ich nichts, aber wie immer, wenn ich derartig loslege, hat sie mich aus Dankbarkeit schwachsinnig angelächelt.

Bill und ich, wir sind einer für den anderen der einzige Kollege (der Mensch überhaupt), der für Offenheit bei privaten Problemen in Frage kommt. In ein Dauerproblem teilen wir uns sowieso. Bis jetzt ist seins schlimmer als meins, nur – es kann ja auch bei meiner Hilda noch eskalieren.

Heute war unser vegetarischer Tag in der Kantine, jetzt hatten wir uns Espresso geholt. Und als ich gerade sagte: Punkt sechs fängt sie damit an, achtzehn Uhr und keine Minute früher, du kannst die Uhr nach Hildas erstem Bier stellen, Standort Küche, verdammt paradox, ihre Korrektheit mit dem Laster, woran man ja die Säufer erkennen soll, da stoppte mich Bills Nervosität, er rutschte auf seinem Stuhl herum, nahm fahrige Züge von seiner Lucky Strike, und alles deutete darauf hin, dass er mich beneidete. Hatte ich ihm nicht das mittlere Paradies geschildert? Ihm, in seiner fast kompletten Hölle? Weil wir uns nichts vorspielen, durchbrach er keine Stolzschallmauer beim Bericht von seiner Ulla, die schon zulange, ehe sie sich aus dem Haus wagte. Vor halb acht morgens mit verdächtig schwerer Tasche. Aus Angst vor den Kunden, den Kollegen, dem Job. Job: Mehr ist es wirklich nicht hinter Ullas Sparkassenschalter, wo sie seit drei Monaten unter einem absurden Entzugsproblem leidet, Pech, nicht leiden will sie unter Entzugsproblem Nr. 1, das der Ehe und ihrer Leber nützlich wäre. Bill sagt: Wenn ich mit so was nur anfange, windet sie sich mit dem neusten Stand der Forschung raus; bei Entziehungen wäre die Erfolgsquote so gut wie null, und die armen Teufel würden in kürzester Frist in ihren Rückfällen versacken. Gut, dass ihr nicht auch noch Kinder habt, kommt in meinen blöden Mutmachereien oft vor, und dann ist Bill wieder dran: Deine Miriam stellt dich doch immer prächtig auf, und ich reagiere wahrheitsgemäß, das gelinge nur noch rudimentär, die Kombination Miriam plus Hilda sei kompliziert geworden, die Unbeschwertheit wie rausgesaugt. Stimmt leider. Hilda mimt die klassische Stiefmutter, seit Miriam aus ihrem niedlichen (vermeintlich ungefährlichen) Reiz-Stadium fünfjähriger Kinder zur attraktiven Konkurrenz sehr junger Frauen mutiert ist. Es ist alles Wettbewerb zwischen Frauen, immer schon und bis ewig.

An Ullas anderem Entzugsproblem ist die Sparkasse schuld. Die modernisieren dort unentwegt, und kaum hatte

Ulla sich endlich in die Welt der Computer durchgeboxt, da wurden auch schon kleine Schubladenfächer für die Konteninhaber eingerichtet, die Kunden schließen sie selber auf und zu, haben sich von Ullas Diensten emanzipiert. Keinem konnte sie mehr nach Durchsicht der Registratur mitfühlend lächelnd erklären: Leider ist das heut alles. (Noch beliebter: Tut mir leid, es ist diesmal gar nichts eingetroffen.) Bill mokierte sich über diesen Spleen: Als wären es nicht vor allem Abbuchungen, die da *eintreffen* oder *leider leider* nicht. So was nennt sich Bankkauffrau.

Ja, Frauen! Hilda, auch so eine Halbtagsberufstätige um ihrer Selbstachtung willen, spielt in der Apotheke die Korrekte, während sie es genießt, zwielichtige Typen mit irgendwelchen Schwindeleien von verlorenen Rezepten abzuwimmeln. Ich schraubte mich in eine Sopranpiepsstimme: Ich würde Ihnen gern helfen, aber aus berufspolitschen Gründen … das Gesetz, tut mir leid … Wir lästern über die zwei, aber wir lieben sie, oder es ist der unübersichtliche Empfindungsbodensatz, der von der Liebe übrigbleibt. Wir haben uns sogar schon gefragt, ob eigentlich wir selber noch besonders liebenswert sind.

Darf man? Der Kollege Stick, Rechnungswesen, platzierte zuerst einen bleichen Apfelkringel plus Kaffee, dann sich selber an unsern Tisch. Na, ihr zwei Tränentiere? Gehts um die Etatkürzungen?

Um Weihnachten, sagte ich.

O verdammt, sagte Stick und biss sich auf seine Unterlippe.

Es ginge ja, ohne unsere Klageweiber, sagte Bill und ich:

Unsere Trauerweiden. Werfen ihre Schatten auf alles, was mal gut und schön war. Und Bill ermutigte mich: Ich baue wieder eine meiner Eisenbahnanlagen auf. Kannst Wünsche anmelden. Tut gut, erklärte ich Stick, wenn man heutzutage nicht mehr wie in der Kindheit von Vätern beim Spielen behindert wird. Und Stick, ganz auf unserer Linie, erzählte: Meiner riss alles an sich, aber noch schlimmer war ein Arzt, sein Freund und ein Bahnfreak. Dauernd trat er auf die Schienen.

Wir seufzten, grinsten. Rühmten Eltern, Schwiegereltern, die über die Weihnachtszeit abhauten, die von Stick verfolgen ein Bildungsprogramm mit einer Studienreisen-Organisation zur Erforschung der Weihnachtsgebräuche anderer Kulturen; bloß werden sie eines Tages alles abgeklappert haben und was dann? Und unsere Schwiegereltern halten sowieso an ihrem Besuchstourismus zu den Nachkommen fest. Hildas Vater, der ansehnliche Witwer, ist ein Glücksfall, bittet um Verständnis für sein Fernbleiben (und das kriegt er umsonst), seit er sich in eine fast dreißig Jahre jüngere Frau verknallt hat. Wir ergingen uns im verlorenen Glück, denn trotz spielwütiger Väter mit ihren alles zertrampelnden Freunden und ungeachtet unserer bis zur Hysterie strapazierten Mütter: Glück, das war es, aus der weiten Distanz gesehen, war es das Glück. Wir kramten wie aus einem Puzzle Erinnerungsstückchen hervor, schöne alte Gebäckdosen, verschlossene Weihnachtszimmer, Bill huldigte seiner Mutter und deren vierzehn verschiedenen Plätzchensorten, Marzipanproduktionen nicht mitgezählt, und im Rückblick störte nicht mehr der Vater, der im Keller naschte, anfangs noch unbesorgt im Glauben, er könne das reduzierte Gebäck so raffiniert umschichten, dass nichts auffiele, und doch gab es am 24., wenn die Mutter sich dranmachte, Gebäckteller zu richten, meistens Ärger: jetzt Stoff für erheiternde Nostalgie.

Wie harmlos das alles war, man kriegt Heimweh, sagte ich.

Kopf hoch! Stick klopfte mir auf die Schulter. Wird schon schiefgehen.

Hilda

Wird schon schiefgehen, prophezeite diesmal ich, vorher war es Ulla gewesen. Fatalistische Intervalle im Weihnachtslamento. Seufzerduette: alles Therapie. »Alle Jahre wieder«, sang ich, machte mit »Es geht alles vorüber, es geht alles vorbei« weiter, und im ernsten Sprechgesang stimmte Ulla ein: »... von Mai bis Dezember und wieder bis Mai«. O Hilfe, Hilda, aber es steht bevor!

Und geht vorüber wie alles und jedes: Mich und sie wollte ich trösten mit dieser Binsenwahrheit, auf die Verlass ist, ohne ermutigend zu sein. Ulla wiederholte, ich, verschont von Schwiegermutter und Eltern, sei hundertmal besser dran als sie, und ich wiederholte meine Variante der weihnachtlichen Bürde: Zu mir kommt in der Inkarnation meines mitgeheirateten Miriam-Stieftöchterchens der Vorteil Jugend: diese Haut, dieser Schmelz, so glatt, so straff, so zart ... Ulla, *wir* sind einfach nicht mehr jung.

Ulla sah verdutzt aus. An ihr Verwelken hatte sie nie gedacht.

Lieber sind mir unsere Treffs nach sechs, wenn auch ich Alkohol trinke. Jetzt wars (bei mir) Kaffee um halb fünf im *Liberty*, wo sich Ulla je nach Aufenthaltsdauer bis zu drei Piccolo genehmigt, ein Getränk, das ich nicht ernst nehme. Es hat was altmodisch Affektiertes, was für Frauen, für ängstliche Frauen. Ernstzunehmen als Adressatin aber ist die Piccolo-Liebhaberin Ulla. Wie heulende Wölfe den Mond jammern wir den Albtraum Weihnachten an, Ulla klagt, ich schimpfe, bringe Ulla sogar manchmal zum Lachen. Wir hatten uns durch ineinanderlaufende Rinnsale von Weihnachtsmusikgeklingel in der schon illuminierten Stadt gekämpft, die Sterngirlanden und Lichterketten und mit Glühbirnen gespickten Straßenbäume fingen in der früh einsetzenden Dämmerung an zu leuchten. Und im Ettinger & Wicht lustlos für unsere Männer Krawatten gekauft, Ulla eine eintönige mit trüben Streifen, ich eine mit kaleidoskopisch durcheinandergeschüttelten Motiven: Wolkenkratzern, New York Times, Stars & Stripes, grell auf rotem Fundament, und Arnold hätte keine Verwendung für sie. Bei pro Set fünf Slips, verschiedenfarbig, im Sonderangebot, haben wir etwas stimulierter zugegriffen. Als ich einen rosa Pullover mit weitem wannenförmigem Ausschnitt entdeckte, hielt mich vom Kauf nur die Bumerangwirkung dieser Geschmacklosigkeit zurück: Miriam ist kein Dummerchen. Ich kann nichts Hässliches verschenken, nichts, was schlecht zu mir passt. Jemanden mit Geschenken ärgern geht nicht, nicht bei mir.

Jenseits der *Liberty*-Fensterscheiben sah es so aus, als dämpfe der plötzlich verdickte Regen seine Fallgeschwindigkeit, nach Schneeflocken sah es aus, und schon schimpfte ich auf die TV-Meteorologen: Kaum zu glauben, erwachsene Männer, die bis zum 23. an der lebenswichtigen Chance für *weiße Weihnachten* herumrätseln. Hinge doch auch für uns alles vom Wetter ab. Im Fall von Schnee: gerettet!

Alle Gräuel aus den Nachrichten sind rein gar nichts verglichen mit dem Weihnachtsschnee. Ohne den ist das Jesus-Baby kein Grund zum Feiern.

Ulla stöhnte zwar, aber sie wirkte nach dem ersten Schluck introvertiert zufrieden wie ein Mensch, der gerade sein Verdauungsproblem gelöst hat. Nicht mehr lang, und ich würde mir vor sechs einen Gin gönnen.

Miriam

Dea trommelte auf das Lenkrad des Cinquecento, weil die Bahnschranke runterging, und diese da bleibt immer ewig lang zu. Welcher Sadist mit entzogenem Führerschein auch Dienst hat, ganz egal. Vielleicht arbeiten da grüne Radfahrerfanatiker. Endlich bekam Dea mit, dass ich geistesabwesend war. He, Miriam, sag ihnen doch einfach, was für eine tolle Weihnachtsinitiative du hast. Sie sind doch nett, deine Eltern. Ich fand sie damals cool. (Dea errät meistens, woran ich grüble.) Ich sagte: Ich sollte nicht immer so überzeugend mogeln, ich brauchte es vielleicht wirklich nicht, schon letztes Jahr wäre ich gern mit euch in den Schnee gefahren, und dieses Jahr Den Haag und von da aus das Meer, extrem verlockend. Und sie würden es mir nicht übelnehmen. Man weiß ja nicht mal, dachte ich, was die Eltern von den Weihnachtsritualen halten. Man redet überhaupt nicht drüber. Unter Gebimmel hob sich die Schranke, Dea brauste los, sagte: Wir andern haben tausendmal mehr Probleme mit Eltern und Weihnachten, alles verbockt und beleidigt, aber wir fahren trotzdem los, so what?

Ich hatte ihnen gerade wieder geschrieben, ohne Besuch zu Haus wäre Weihnachten eine Ödnis und noch viel über Anhänglichkeit, saublöd. Ich hab die zwei und auch Arnold II furchtbar gern, nur funktioniert es an Weihnachten überhaupt nicht damit, ich sagte Dea: Es ist so verkrampft, meine Mutter brennt lichterloh, und dann ist sie nur noch ein glimmender Docht, und mein Vater albert sich drüber weg, damit ichs nicht merke, der zweite Arnold kapselt sich ab, wir haben null Kontakt mehr. Ich betrachtete Deas kantiges Profil. Ist Dea nicht eine Benzinmarke? Eine Hautcreme? Klingt nach beidem, und sie seufzte mit: in Erinnerung an ihre früheren Familien-Weihnachten. Ab wann ist man eigentlich ein unabhängiger Mensch? Wenn es unsere Eltern immer noch nicht gepackt haben? Wir kommen noch durch, sagte Dea, nachdem ich STOP! gerufen und sie bei Rot über den Kreuzplatz jagte und *Als wärs Weihnachten* gesagt hatte.

Arnold II

Obwohl bei uns schon lang nur noch Papiertaschentücher benutzt werden, hatte ich an diesem Nachmittag, als Regen in wässrigen Schnee überging, den Grundstock für Weihnachtsgeschenke gelegt, alle bekämen Taschentücher. Mein Vater drei große, die Frauen gemusterte kleine, jede zwei (sie sind teuer). Möglich, dass ich später noch mal loszöge, ich dachte an irgendwelche Delikatessen, Wein. Heute hatte ich es eilig, mein Werk saugte mich an. So was spüre ich körperlich.

Zu Haus war keiner. Ich klimperte, für die Konzentration zwei Cola, in den PC: »In kritischen Situationen müssen Piloten mit kühler Professionalität reagieren. In lebensbedrohlichen Lagen ist das schwierig. Als die zwei erfahrenen Piloten im Cockpit des Flugs Alaska Air 261 endgültig die Kontrolle über ihren zweistrahligen Jet verloren hatten, gerieten sie in Panik. Das zeigen die Aufzeichnungen des Funkverkehrs kurz vor dem Absturz in den Pazifik. Alle 88 Personen kamen ums Leben.« Ich überlegte, ob der Hörspielteil des Werks auch ohne Stephan Krapp zu machen wäre. Ich brauchte ja sowieso vier verschiedene Stimmen am Schluss, L. A. Center, Alaska Air 261, je eine für die zwei anderen Flugzeuge. Plötzlich hatte ich große Lust, das Ganze allein zu erledigen. Gäbe ich das Werk an Weihnachten für die Familie frei? Sein ideales Publikum fand jemand Schöpferisches in seiner Familie nicht. Beifall war mir sicher, aber nicht der richtige. Nur der gutmütige Beifall für einen Fünfzehnjährigen, mit dem man außerdem noch verwandt war. Dann wusste ich die Lösung: Besser, ich würde nicht fertig. Dann hätte ich was, um mich dringend zurückziehen zu können.

Arnold

Bei der Weihnachtsfeier ist jetzt auch der atheistische »O Tannenbaum«-Gesang gestrichen, geblieben sind der Monsterbaum und nadlige Kerzengestecke auf den Tischen, Bill und ich, wir hatten uns separiert und den Plan für mich ausgeheckt, im nächsten Jahr käme Bill dran.

Probiers einfach immer wieder, riet Bill, und ich tippte die Nummern ins Handy, abwechselnd die von zu Haus und die von Hildas Handy. Nichts zu wollen. Vermutlich sah ich trübsinnig aus. Der erste Schwung: dahin. Es war nicht, wie Bill vermutete, der Mut. Ulla einzuweihen ist ein Klacks, vor allem weil sie fürs nächste Jahr, wenn ich freikriege, ihre eigene Ruhe mitgarantiert kriegt: Das brauchte er mir nicht erst zu versichern. Als ich meinen Merkzettel mit den wichtigsten Stichworten für Hilda in die Sakkotasche steckte, stieß ich auf etwas Glattes, Schmales: Hildas rotes Feuerzeug. Genau dieses Rot will sie haben, Bluse oder sonst was, und was Schönes soll sie ja auch kriegen, haha, *nach* Weihnachten. Bill hatte ich als Tipp für Ulla bemalte Piccolo-Flaschen, gefüllt mit Sirup, vorgeschlagen, weshalb er mich wohl für nicht ganz fair hielt. Sah ganz danach aus.

Hilda

Zu Haus geht keiner ran, und auf sein Handy reagiert er nicht, sagte ich zur Chefin. Es sind Kunden da, sagte die Chefin. Probieren Sie es später wieder. Ich, unter dem Eindruck ihrer Sturheit, habe dann langweilige Salbeitee-Trinkerinnen bedient. Brauchte ja aber auch heute keine interessanten Außenreize. Was mich beschäftigte, war interessant genug. Weihnachten ohne mich!

Miriam

Better late than never, fand Dea und hatte die Idee mit dem Infekt, aber weil ich sie nicht aufregen wollte, wurde ein verstauchter Fuß draus, und ich wählte die Nummer von zu Haus, total spontan wie beim Aushecken des Plans. Keiner nahm ab. Auch Totenstille bei ihren Handys. X Versuche mit immer weniger Schubkraft. Immer mehr Erkenntnis: Das ist kein erster Schritt in die Selbständigkeit, es ist bloß ein feiges Versteck hinter einer blöden Lüge. Machs trotzdem, drängte Dea. Mach ich, versprach ich.

Arnold II

Gib auf, verdammt noch mal! Das Telefongedudel machte mich nervös. Bis zum Hörspiel-Teil müsste der Zudringling aufgegeben haben. »Der Jet vom Typ McDonnel-Douglas befand sich auf dem Weg von Puerta Vallarta, Mexiko, über San Francisco nach Seattle. Über dem Pazifik ging die Maschine plötzlich in einen steilen Sinkflug über.« Wenn ich so einen Satz schreibe, bin ich dort. Unter mir das tückische Meer, aber wie harmlos es aus meiner Höhe aussieht! »Die Piloten fingen die Maschine in ca. 6800 Meter Höhe ab und hielten sie halbwegs stabil. Sie versuchten das Problem zu analysieren. Das Höhenleitwerk hatte sich verklemmt. Sie baten die Fluglotsen vom International Airport L. A. um Landeerlaubnis. Danach brach der Funkverkehr ab. Die Piloten zweier anderer Flugzeuge beschrieben den Fluglotsen, wie die McDonnel-Douglas im Taumelflug abstürzte. Jetzt weiß man, dass ein mechanisches Versagen der Spindelschraube die Absturzursache war.« Verdammt, schon wieder das Telefon! Es klang, als hätte jetzt jemand anders gewählt, was natürlich idiotisch ist. Draußen gab es nun wirklich Schnee.

Arnold

Im Ettinger & Wicht hielt ich der Verkäuferin in der Damenoberbekleidung das tiefrote Feuerzeug hin. Unsere Malven waren diesen Sommer so, aber ich dachte, weil es auch hellere Malven gibt, nimm das mit … Die Verkäuferin nahm die Sache ernst. Sie sah hübsch aus und so, als mache *sie* wegen Weihnachten keine Scherereien. Meine Frau ist mit Farben sehr heikel, sagte ich. Bin ich auch. Die Verkäuferin lächelte. Vor mir lagen Pullover, Jacken, Blusen, aber nichts davon richtig im Feuerzeug-Rot. Wegen der Verkäuferin müsste ich trotzdem irgendwas nehmen. Im Kopf summte meine noch nicht lancierte Botschaft: Hilda, ich muss das für Bill übernehmen. Ullas Vater ist zusammengeklappt, und Bill möchte sie nicht aus den Augen lassen … Die Verkäuferin blinzelte, als teilten wir uns in ein Geheimnis, sagte: Ihre Frau wird wissen, was sie an Ihnen hat, und ich kapierte, dass ich soeben eine Jacke im beinah richtigen Rot gekauft hatte. Weil sie so nett war, kam ich mir nicht albern vor, als ich ihr das Feuerzeug schenkte: Als Dank für Ihre Geduld. Erinnerung an einen schwierigen Kunden. Doch erstens war sie Nichtraucherin und zweitens mit mir fertig, ihr Lächeln abschließend.

Hilda

In der Apotheke blieb es langweilig, ich probte meinen Text: Ist ja bloß über die Feiertage, ihr kommt sicher ohne mich zurecht, ich mache es der Chefin zuliebe, alle sind krank, wir haben nun mal Bereitschaftsdienst bis 27., die Chefin wird von drei kleinen Kindern gebraucht, Hin- und Herfahren: zeitaufwendig, ich kann das Apartment haben …

Miriam

Alle sind sie wie vom Erdboden verschluckt. Und Arnold II hockt vielleicht einfach vorm PC und lässt Flugzeuge abstürzen, er will Fluglotse werden, den Himmel nennt er nur Luftraum. Dea warf aus meinem Schrankteil noch eine fellgefütterte Parka auf die Reisetasche. Nun komm schon, gibs auf. Das tat ich. Heute Abend läuft »Magnolia« zum letzten Mal, ich hatte auch genug von der Telefoniererei.

Arnold II

Mit abgepolsterter Tür und verhängten Fenstern hatte ich jetzt einen schalltoten Raum. Vier Stimmvarianten sind kein Problem, sogar fünf: für die Zeitangabe. »16.09 Uhr, 55 Sekunden: Alaska 261: Sind im Sinkflug. – L. A. Center: Bitte wiederholen. – Alaska 261: Kontrolle über Flugzeug verloren. – L. A. Center: Verstanden. – Alaska 261: Jetzt bei 23700 Fuß, alles wieder unter Kontrolle. Stop, nein, doch nicht. – 16.15 Uhr, 19 Sekunden: Alaska 261: Höhenleitwerk klemmt. Höhe nur mit Mühe zu halten. Wollen in L. A. landen. – L. A. Center: Verstanden. Sie haben Landeerlaubnis. Welche Flughöhe wünschen Sie? – Alaska 261: Muss auf 10000 runter. Muss sicher sein, dass Jet kontrollierbar. Will das über Wasser ausprobieren, wenn ich darf –

16.19 Uhr, 39 Sekunden: Alaska 261: Jack muss noch Weihnachtsgeschenke kaufen, haha.« Ich spickte nach draußen: Schnee. Ich hatte nicht mal Jack. Aber ich bin gern allein.

Arnold

Eigentlich ist sie nicht unoriginell, Hilda. Ich muss introvertiert ausgesehen haben (wieder endlos beide Nummern gewählt), jetzt dümmlich überrascht, als sich mir Hildas gesammelte Fehler in Qualitäten verwandelten. Wir waren bei der zweiten Stange Hürlimann-Bier im *Helvetia*. Nicht rückfällig werden, warnte Bill (klang wie betteln). Bill, sie sagt Sachen ... sie klingen blasphemisch, aber irgendwie geht dir doch ein Licht auf ... über unseren Weihnachtszinnober. Jubel, Trubel und so weiter, als wüssten wir nichts vom Karfreitag des armen kleinen Teufels in seinen Windeln. Bill, der meinen (und ein Jahr später seinen) Freigang retten wollte, knurrte nur was von Hildas Vernichtung des letzten Rests an Stimmung.

Gegen sieben, um sechs hatte sie ihren Bierstart, erklärt sie: Ich werds nicht sein, die in die Küche geht. Lasst uns die Pizza Connection anrufen. Und will wissen, ob Jesus ein Wunschkind war, o lieber Himmel, und sicher nicht von Joseph, das Wunschkind. Sie ist alles, bloß nicht langweilig. Bläst Miriams Kerzen aus. – Verrückt, sagte Bill. Ulla mag Kerzen. – Ich nicht, sagte ich. Nicht besonders.

Hilda

Im *Liberty* käme Ulla heute auf vier Piccolo, ich auf drei Whitbread (18.55 Uhr), und ich redete in ihr Gewimmer (wie ein zweites Atlantis ging ihr Weihnachtsexil, nächstes Jahr, unter): Eigentlich ist er harmlos, Arnold, ich kann ihn jederzeit zu Bill und der Eisenbahn weglocken, und Miriam, keine Ahnung, warum ich nie an den spielerischen Reiz gedacht habe, Konkurrenz belebt, und mein Blutdruck macht leicht schlapp, ha: *Weiße Weihnachten* wäre schon besser fürs Adrenalin. Und obwohl man schwer an ihn rankommt, Arnold II, immerhin ist er mein Sohn, und überhaupt, wenn wir alle mal wirklich drüber reden würden, jeder über das, wie er Weihnachten am liebsten hätte, vielleicht, Ulla, könnte doch sein ... wir beeinträchtigen unsere Männer auch, so wie sie uns, oder? Arme Ulla, ohne Einfall gegen mich. Wie die Maus die Schlange fixierte sie das gefürchtete Fest, verlor nun auch mich, als ich sagte: Wenn man an wirkliches Elend denkt, ist unseres Luxus, peinlich.

Miriam

Am Bahnhof in Arnhem warf ich meine Weihnachtskarte an die Familie nicht ein. Ich ging zu den Fahrplänen rüber, und Dea, obwohl sie mir immer auf die Schliche kommt, rief: Was machst du denn da? Ich sagte, Fernverbindungen interessieren mich, für Geographie habe ich schon in der Schule einen siebten Sinn gehabt, auch für Himmelsrichtungen. Ich dachte an den Luftraum von Arnold II.

Arnold II

Im schalltoten Raum beim Bandwechsel hörte ich Autoreifen im Kies knirschen, vom Parterre rauf Frauenstimmen – aber dann war doch wieder alles tot und leer wie ein Grab, in dem unser Haus als riesiger Sarg ruhte, wie die Alaska 261 bald in der Tiefe des Pazifik, falls ich sie nicht noch rettete. »16 Uhr, 39 Sekunden.« Es war fast die gleiche Zeit bei mir wie damals im Luftraum über L. A., wo sich jetzt die Piloten der zwei andern Jets einschalteten. »Pilot von 50 DX: Der Jet ist in den steilen Sinkflug übergegangen. – L. A. Center: Behalten Sie ihn im Auge. Alaska 261, können Sie mich hören? Funkstille für circa eine Minute, 16 Uhr 20, 59 Sekunden: Pilot Sky West: Er ist gerade auf dem Wasser aufgeschlagen.« Ich schaltete das Band aus, fixierte mein Zifferblatt, schaltete ein, als es über und im Pazifik 16 Uhr 29, 33 Sekunden war, sagte den Rest: »Yes, Sir. Er ist aufgeschlagen, er ist weg.«

Tochter Zion

Man sollte meinen, vor Erleichterung hätte ich tief Luft geholt, aber mir blieb der Bissen im Hals stecken (heute Abend Lachsbrot), als Xenia verkündete: In diesem Jahr werde ich es anders machen mit Weihnachten, ich werde es schön finden. Sie prophezeite noch mehr vor sich hin, alles sei nach unserem Geschmack und dergleichen, und niemand am Tisch sagte was. Ich blickte schnell mal zu Fred rüber, er machte sein künstliches Immer-mit-der-Ruhe-Gesicht, und Xenia, um endlich einen von uns beiden aufzuwecken, schwächte ihre frohe Botschaft mit »Ich werde zu allem Ja und Amen sagen« ab, jetzt unfeierlich, und packte sich eine zusammengerollte Lachsscheibe auf ihren Toast. (Ihre Toasts waren ausnahmsweise überhaupt nicht verbrannt, aber trotzdem, entweder gewohnheitsmäßig oder aus Feindseligkeit, kratzte Fred an seinen Scheiben herum; er hätte in diesem Moment sicher lieber verkohlte Toasts gehabt, um wieder sagen zu können: Die sind krebserregend.)

Fred und Xenia sind meine Eltern. Als ich dreizehn war und weil alle es so machten, verabredeten wir, dass ich sie mit den Vornamen anrede. Heute finde ich das nicht mehr so gut, hauptsächlich bei Fred. Da stört mich manchmal das

Gefühl, ich hätte in ihm nicht wirklich einen Vater, einen richtigen. Mit Xenia geht mir das nicht so. Meine Hauptfreundin, Eva Heinz, versteht mich in diesem Punkt nicht. Bei ihr war es sogar die Mutter, die damit anfing und lieber Maxi heißen wollte, um ihre Freundin zu sein. Funktioniert aber nicht.

Meine erste Reaktion auf Xenias gute Weihnachtsabsichten: Warum habe ich nicht eine ganz normale Familie, eine nicht originelle Mutter? Die zweite: Das mit dem Weihnachten-schön-Finden geht auch schief. Aber, obwohl er damit recht hatte, tat Xenia mir leid, als Fred ihr erklärte: So etwas kann man nicht beschließen, es ist dann unecht, wertlos. Mit der Antwort »Du plädierst doch immer für gute Vorsätze« lockte Xenia ihn ins tiefe Wasser ihrer Debatten, auf Deutsch: Streit, und ich wartete nicht ab, bis sie da hindurch wären und zurück im Frieden. Ziemlich gestelzt und höflich redeten sie dann über nichts Besonderes. Ich stand auf, kaute den wieder raufgeholten Bissen zu Ende und sagte, ich ginge noch mal zu Eva rüber, um für Englisch Vokabeln zu pauken, was wir nicht tun würden, aber ohne Kommentar durchging. Toptolerant sind sie, die zwei. Schneiden im Vergleich mit anderen Eltern (und gerade denen, die lieber Freunde als Eltern sein wollen) am besten ab. Sie haben nur einfach extrem unterschiedliche Temperamente, Fred wird immer stiller und dadurch Xenia überdreht. Jedes Mal, wenn ich mich über ihn ärgere, bemitleide ich ihn auch. Und dann ärgert es mich, dass er mich dazu bringt, zum Bemitleiden. Beide Gefühle sind ineinander verknäult, lästig.

Mein Mitleid mit Xenia ist übersichtlich. Alles im Zusammenhang mit ihr macht mir weniger aus als mit Fred, garantiert, weil ich an meine richtige Mutter null Erinnerung habe und winzig war, als ich zu Xenia Mami sagte. Sogar wenn die zwei mich nicht, sobald ich ein bisschen Verstand hatte, darüber informiert hätten, wie es mit unseren Beziehungen steht (Adoptivkinder sollen ja irgendwann ihre Schocks kriegen), es ging zwischen mir und Xenia, noch als sie Mami war, bestimmt anders zu als untrennbar verwandt. Und sicher würde ich nicht mit dreizehn, vierzehn oft eifersüchtig auf sie gewesen sein, in Restaurants oder mit Gästen oder in Ferienhotels, weil sie die bessere Figur und die besseren Haare hatte als ich. Es liegt an Fred, dass sie seinetwegen nie eifersüchtig sein musste noch muss, er ist schon doch ein richtiger Vater.

Längst kann ich in der Xenia-Konkurrenz gut mithalten, sie selbst sagt zu Fred und zu irgendwelchen Leuten: Kommt sie nicht mehr und mehr auf Melanie Griffith raus? Mit einem Touch Kim Basinger? Und seither nimmt sie mich auch gern mit, wir treffen uns in Bistros mit Freundinnen, manchmal neuerdings im Zoo mit Thomas Just, der mir reichlich in sie verliebt vorkommt, aber es passiert nie irgendwas. Diese Zwei-links-zwei-rechts-Umarmungsküsschen schmatzen sich ja alle ins Gesicht (ich kriege sie auch immer ab, ungern, aber dagegen bis du machtlos). Ist jedoch Xenia meine Mutter, meine Freundin? Weder – noch, eigentlich. Bei Eva übrigens, da war das mit der Freundin statt Mutter ein ganz schön übler Trick, denn die brauchte damals einfach jemanden zum Wacheschieben, Alibiverschaffen und so weiter, und diese jemand war Eva. Ich bin sicher, so weit ginge Xenia nie.

Nach dem zweiten Advent und wieder beim Abendessen (sonst sehen wir uns kaum), es gab Süßkartoffeln, eine Marotte von Xenia, dazu zerhacktes, mit Gemüseresten vermengtes Fleisch in kleinen Pfannkuchen, legte Xenia noch mal mit Weihnachten los: Ganz geduldig werde ich dieses Jahr alles so machen, wie es sich gehört. – Schöne Verheißung (Fred klang spöttisch), aber warum haben wir keinen Adventskranz? – O Schande über mich! Xenia hatte Freds Spott übernommen. Ihr kriegt ihn noch, schon morgen tauche ich ins Einkaufsgewusel ein und beschaffe ihn. Sämtliche heidnischen Bräuche werden in diesem Jahr Einkehr halten, versprach sie, nur so, dass es einem die Laune verdarb. Weil sie aber Fred nicht provoziert hatte, kam sie mir missmutig vor.

Und einen Adventskranz nach der Ganz-wie-es-sich-gehört-Sorte bekamen wir nicht zu sehen. Sie riss das Weihnachtseinwickelpapier von einem kleinen Schrank aus Pappe ab und befahl uns zu staunen. Über einer Schublade stand vor einem weißen Glitzerhintergrund ein geschmückter Christbaum, und das Ganze war eine Bühne. Wenn man die Schublade mit der Aufschrift »Xmas Theatre« aufmachte, fing die weiße Glitzermasse hinter dem Christbaum an sich zu bewegen, aber nicht nur die, auch der Baum tanzte im Schneewirbel hinter Plastikglas, und dazu ertönte »Jingle Bells«. Ich konnte damit nicht bis zum 24. warten, rief Xenia, aber Geduld, einen Adventskranz habe ich auch. Der war wieder eine Art Spieldose, er thronte auf einem Rondell, aus dem die Musik kam, als Xenia die Leier drehte, ausgesehen hat er mehr wie ein Richtfestkranz. Karussellartig machte er zu Bing Crosbys »White Christmas« die Runde. Und Xenia: hin und weg vor Begeisterung.

Ich habe sie wirklich gern und ihr deshalb nicht unterstellt, sie wollte Fred (am liebsten hat er seine Ruhe) ärgern oder auch nur anflachsen, an mich dachte sie bei diesen Einkäufen wohl weniger, und ich weiß sowieso mittlerweile nicht mehr, was ich eigentlich von Weihnachten halten soll. Es gibt jedes Jahr zu viele von den Untiefen-Debatten, und im vorigen Jahr redete Xenia fanatisch von theologischer Askese oder etwas in der Art. Bis dann doch wieder alles so ähnlich wie immer wurde: Geschenke, etwas besseres Essen, zubereitet von Fred, und das andere Drum und Dran. Aber vorher hat sie bis zuletzt gedroht: Wenn hinter all dem Klimbim nicht ernsthaftigste Gläubigkeit steht, lass ichs sausen, verlasst euch drauf. Schließlich las sie uns einen Dialog vor. Aber wir hatten unseren Christbaum, und die Kerzen brannten währenddessen.

In dem Dialog unterhielt sich ein Mann, der seiner Tochter gerade beim Vertuschen ihrer frischbegangenen Fahrerflucht geholfen hatte, mit Gott. Er verteidigte sich damit, dass er seine Tochter liebe. Doch Gott sagte, er hätte den Kelch nicht vorübergehen lassen sollen. Der Mann brachte vor, für einen Sohn wäre er nicht mitschuldig geworden, und irgendwann warf Gott ihm vor, er würde seine Tochter mehr lieben als ihn, Gott. Der Mann sagte, nein, aber mehr als die Wahrheit. Und Gott: Dann liebst du voller Schwäche. Daraufhin sagte der Mann das Wichtigste: So wie du mich liebst.

Obwohl ich Xenias Vorlese-Idee zuerst mal wieder einfach zu originell fürs häusliche Leben fand: An dieses Lieben voller Schwäche und dass es garantiert das einzig wahre Lieben ist, denke ich doch oft. Für Xenias glatteisartige, schräge Einfälle bin ich manchmal ganz dankbar. Das Einzige, was ich an Hausarbeit gern mache, ist, Waschbeckenabflüsse zu reinigen. Ich stochere mit einem unten zum Haken gebogenen Draht fischig aussehende Schlammstücke hervor, und so ähnlich angelt Xenia im noch ungedachten, formlosen Material in meinem Bewusstsein.

Der Mann hatte übrigens ein sauschlechtes Gewissen, weil er, um seine Tochter vorm Polizeiverhör zu schützen, nichts für den Überfahrenen tun konnte (er fand ihn tot in einer Böschung). Zu Gott sagte er: Du hattest nie eine Tochter. Damit meinte er wohl, einer Tochter hätte Gott die Kreuzigung erspart. Er hätte sie erst gar nicht zu den Menschen geschickt, und es gäbe kein Weihnachten. Der Mann ist das Optimum von einem Vater. (Ab und zu mache ich mir Sorgen um die Ehe meiner Eltern, denn als ich Fred fragte, ob er mir auch gegen das Gesetz beigestanden hätte, antwortete er mir ausweichend, ich könnte ja zum Glück noch nicht Auto fahren, und in solchen Fällen muss ich an Thomas Just und den Zoo-Treffpunkt denken, obwohl Xenia dann eher weniger redet als zu Haus.)

Aber Evas Mutter gegenüber, dieser Freundin und Maxi, hat er sich vor kurzem erstklassig bewährt und war ein Vater. Ihre Tochter lügt, tut mir leid, aber das sollten Sie doch wissen, sagte diese Zimtziege am Telefon bei eingeschalteter Lautsprechertaste, so dass ich die affektierte Stimme hören konnte. Das war nach der Nacht, die meine Clique und ich mit Raimunds Clique durchgefeiert hatten (in meiner Darstellung: Ich übernachte bei Eva. Kommt oft vor, umgekehrt auch). Und Fred, als Vater, total ruhig, hat sogar gelacht und dann gelogen: Wusste ich alles. Meine Tochter muss nicht mogeln. Schwach lieben, mich mehr als die Wahrheit lieben: Das wars! Egal, ob was Gutes dabei rauskommt, Erziehung und so weiter. Doch, Fred ist ein guter Vater. (Bleibt nur die Sorge, er könnte Xenia zu oft langweilen.)

Wieder beim Abendessen (Thunfischsalat, etwas versalzen, was bloß Xenia und ich gernhaben) verhieß Xenia: In meiner Kindheit las mein Vater die Weihnachtsgeschichte vor, das könnte diesmal ich tun. Im Hirtenspiel war ich ein Hirte: Ich bringe das Wasser und das Brot, damit das Kindlein nicht Not leide. Sie pfiff durch die Zähne (lerne ich leider nie): Oder das! Wir laden Leute ein und geben die Heilige Familie. (Komm, komm, warnte Fred, aber gutmütig. Wir sind an sie gewöhnt.) Ich bin Maria, rief sie, ich habe ein Kind und vorher keinen Sex mit seinem Vater gehabt, er wird Joseph sein. Passt prima! Fred sagte: Nur passt (»passt« sprach er piepsig aus) sie in keine Krippe.

Ich dachte an diesen Dialog mit Gott und steuerte bei: Als Tochter wäre ich gar nicht erst auf die Welt gekommen. Doch Xenia war diese Seifenblasenidee schon geplatzt. Wenn sie in der Küche ihre Gerichte zusammenphantasiert (sie machte uns noch was mit Muffins und Vanilleschaum), trinkt sie Fernet oder Canadian Club, sie braucht es zur Inspiration. Für die normalen Mahlzeiten ist Fred zuständig. Ich schaffs ohne deine hochprozentigen Küchenhilfen, sagt er. Über Hausarbeit streiten sie nie, finde ich gut. Einen Beruf haben beide, Xenia nur halbtags. Lebensmittel kommen über Homeservice und Eisbär. Xenia hasst Haushalt, kriegt plötzlich Anfälle von Kochgier und Bewegungsdrang, und dann ist es meist unsere marmorierte Treppe, die sie unter Wasser setzt. Hört zu! Sie servierte Espresso, ihre Camel wackelte im Mundwinkel. Morgen leg ich los mit massenhaftem Schreiben von Unicef-Karten. Morgen nahtlos nach dem Job werden sie gekauft und auch Geschenke. (Wollte sie Fred in eine dieser überflüssigen Debatten lotsen?) Und aus dem Lukas-Evangelium werde ich vorlesen, genau das alles werde ich tun. (Fred: stumm, er kann ganz schön stur sein.)

Am nächsten Tag machte Xenia überhaupt keine Einkäufe. Und Fred, ich kam gerade vom Hallentennis, fragte mich: Hast du einen Moment Zeit? Kannst du damit etwas anfangen? Er hielt mir eine Notiz in Xenias Schrift hin: »21. 12., 16.30 h: Th. J., Museum/Foyer.« Mein Herz verrutschte. Wut auf Xenia und das Mitleid-Ärger-Knäuel wegen Fred verhedderten sich, und er tat so, als wäre es ihm egal, er hatte ein trübes Gesicht, wie von Schmutz. Theologie? Jesus? Th. und J., sie will doch religiös sein, bot ich an. Im Museum? Sechzehn Uhr dreißig? Fragte Fred. Meine nächste Erfindung: Ach, klarer Fall, Th. ist Theres, hintendran heißt die was mit J. Sie treffen sich oft. Aber Fred sah nicht gerettet aus, er sah wie ein Vater aus. Ist dir ein Thomas Just bekannt?, fragte er, wieder als wärs ihm schnuppe.

Was ich jetzt leistete, verdanke ich meiner Nebenrolle in zwei Folgen der Nadja-Serie (wir improvisieren viel): Ich lache mich schief, sagte ich, Just, das ist der fette alte Glatzkopf vom Maklerbüro, über den sie an eine dieser Villen am See rankommen will. Danach lief ich schnell rauf. Fred hatte mich als Vater seltsam mild angesehen und mir übers Haar gestrichen (schätze ich weniger, alles zurück und platt, und ich sehe wie ein Vollmond aus), und ich wusste, er hat mir kein Wort geglaubt. Aber Hauptsache, es war lieben voller Schwäche. Wie damals, als er für mich Evas Mutter anlog. Da liebte er mich mehr als die Wahrheit.

Falls ich das Eva erzähle, wird sie wieder falschliegen. Sie findet, dass ich Xenia anschwärme. Gut, ich bin oft von ihr beeindruckt, aber sie schützen, was Eva denken wird, wollte ich nicht. Schützen musste ich ihn, meinen Vater Fred, überhaupt nicht sie, denn sie hat ja was von dieser verdammten Th.-J.-16.30-Museum/Foyer-Verabredung. Er nicht. Und wie auch immer Weihnachten würde, das Beste war schon passiert, egal, wie er heißt, Fred, Vater, egal. Denn wenn ich ihn lieber habe als die Wahrheit, dann ist das die Liebe.

Sonst würde Weihnachten wie immer: Weil die zwei deprimiert wären, würde Xenia herumkaspern, sie hätten wegen ihrer nicht eingeladenen Alten ein schlechtes Gewissen, nur wären es, mit denen meiner Mutter dazu, viel zu viele, und Xenia wüsste wieder nicht, ob sie über das falsche Leben im richtigen oder umgekehrt seufzen soll, und ich ginge baldmöglichst zu Eva, wo sowieso alles falsch ist. Wieder würde ich mit Nein auf Freds Frage »Willst du nicht zu den Großeltern?« antworten, denn wenn ja, ginge ich lieber zu denen mütterlicherseits, was ihn kränken könnte. Was noch ungewiss ist: Bestrafe ich Xenia (ich habe sie gern, aber trotzdem) mit einer Einladung zur Vorher-Nachher-Show als Weihnachtsgeschenk? Immer hat uns dort jeder vorher besser gefallen als nachher, wenn ein affiges Dreier-Team aus dem Opfer einen aufgeputzten leeren Allerweltsmenschen gemacht hat, aber Xenia würde nicht denken, ich fände, auch sie sollte mehr aus ihrem Typ herausholen, sie wäre überhaupt nicht gekränkt und ginge nicht hin.

Der 24. wäre wieder ganz in Ordnung, Xenia würde richtige Weihnachtslieder auf dem Klavier spielen und bei jeder falschen Note »Verdammt« rufen, und bei »Tochter Zion« würde ich an Gott, ans Lügen, die Wahrheit, an die Liebe denken. Aber am 25., 26. zöge ich ab, dorthin, wo ich Weihnachten mit gutem Gewissen in aller Ruhe total schrecklich finden kann.

Die Seifenschalenoper

Noch weniger gern als sonst bringe ich an Weihnachten Freunde mit nach Haus, Leute, an denen mir was liegt (und umgekehrt). Feiertagseinblicke haben ja erst recht was Enthüllendes, werktags ergibt sich nicht so viel Familiendichte. Ausnahme: Sybil, schon als beste Freundin sowieso. Jederzeit willkommen. Außerdem ist meine Verwandtschaft dann doch vorzeigbarer als ihre. Aber auch wenn das nicht so wäre, hätte es nichts Peinliches. Mit männlichen Gästen ist das sofort was anderes. An Florian liegt mir eine ganze Menge, mehr als an seinen Vorgängern. Wie seine Eltern sind, weiß ich bis jetzt nicht, nur dass sie mehr Geld haben als wir, sein Vater ist Bauunternehmer. Ich fürchte, weil er wenig von ihnen redet, sind sie in Ordnung. Und diesmal käme Florian mit. Im Prinzip nicht schlecht, denn die Sache ging von ihm aus, was ja nach ernstem Interesse an mir aussieht.

Natürlich fühle ich selbst mich nach drei Semestern und Mini-Apartment im Studentenheim auch ziemlich familienentwöhnt. Das merke ich, wenn ich meine Eltern ab und zu besuche, und beim letzten Mal Anfang November spielte ich oft Florian-Phantom und fand das meiste problematisch, sogar lächerlich. Dass ich meine Familie verteidigen müsste, spielte ich auch. Für mich bleibt sie eben meine Familie, was es schwieriger macht, denn ich hasse es, mich für sie zu genieren. Alles in allem sind meine Eltern bestimmt nicht weniger in Ordnung als die von Florian samt seiner übrigen Sippe.

Zum Glück habe ich keine Sippe im Schlepptau. Aber dafür meine Tante Maggi. Maggi ist ihr Spitzname, stammt aus meiner Kindheit, in der ich ihre Leidenschaft erbte, Maggiwürfel zu lutschen. Wir machen das bis heute, erst recht in den Weihnachtstagen, wenn wir zu viele Plätzchen gegessen haben. Ihren anderen Spitznamen hat sie von meinem Vater, niemand sonst benutzt ihn: die Fromme. Über Weihnachten besucht sie uns, nennt unser Fest atheistisch und merkantil und singt oder pfeift dauernd Weihnachtslieder, auch amerikanische. Sie reist immer noch viel in Nordamerika herum, ihre verschiedenen Freunde leben nicht in den berühmten Städten, und gerade das finde ich interessant, und zu meinen Eltern sagt sie: Natürlich sind die dort Weltmeister in Kitsch und so materialistisch wie ihr, obwohl sie sich nicht solche Massen schenken, und es geht alles viel flotter rum, und Bing Crosbys »White Christmas« ist ebenfalls überhaupt nicht vom Irdischen abgehoben, Schnee statt Religion, aber was tun sie garantiert? Sie gehen in die Kirche. Sie nehmen alles ganz vergnügt und entspannt sehr ernst. Tante Maggi liest die Weihnachtsgeschichte aus dem Lukas-Evangelium vor, und die Krippe unterm Baum, auf den mein Vater bloß wegen seiner Massigkeit und des vielen Schmucks stolz ist (die dicht an dicht runterhängende Lamettafrisur verdeckt die grünen Zweige), die stammt auch von ihr; vor vielen Jahren, als ich noch klein war, stieg sie mit den großen, in Papierhüllen wie Schwerverwundete umwickelten Figuren in Pseudo-Barock aus dem Taxi, ich erinnere mich gut daran, wie man ihr Hinterteil aufragen sah, weil sie im Taxi Nachschub aufsammelte, dann eine Pappschachtel balancierte, und meine Eltern halfen ihr unwillig.

Meinen Vater stört an sämtlichen Feiertagen, dass er nicht zum Baumarkt fahren und irgendwelche Schrauben, Dübel, Regalbretter und weiß der Teufel was noch kaufen kann, zurzeit arbeitet er an einer Sprinkleranlage. Meine Mutter klagt darüber, dass es wieder mal nichts mit Schnee und Frost zu Weihnachten würde, ihm aber ist es recht, weil dann der Boden weich ist, *offen*, sagt er. Schnee ist ihm so oder so egal, aber lieber hat er keinen. Macht nur Arbeit, knurrt er, und Scherereien beim Autofahren. Meine Mutter ist romantisch, nur weiß sie sich zu helfen. Sie lebt eigentlich nicht ihr eigenes Leben, sagte ich vorwarnend zu Florian. Ich hoffte, während er den Suzuki (der gehört ihm) südwärts lenkte, es käme nicht zu viel davon heraus. Und dass mein Vater sich nicht als passionierter Heimwerker outen würde und Florian als Witz vorschlüge, ihn im Unternehmen seines Vaters unterzubringen. Vorsichtig deutete ich an: Mein Vater bastelt gern an irgendwas herum, und meine Mutter hat eine Menge Phantasie, liest, sieht Filme, sie kann sich da total einleben, so als wäre sie jemand, den sich ein anderer ausgedacht hat. Florians Reaktion kam mir taktvoll vor. Von Kilometer zu Kilometer wurde mir trotzdem mulmiger, mich zogs zurück, während wir unwiderruflich der Ankunft entgegenbrummten; ich schlug eine Kaffeepause in der Raststätte Bärwinkel vor, aber Florian hatte keine Lust.

Tante Maggi stand schon, in ihren schwarzen Plüschmantel gehüllt, zwischen den Pfeilern unserer Loggia, als wir am 24. gegen drei die kurze Auffahrt hinaufrollten und dann unsere Sachen aus dem Suzuki räumten. Florian hatte ihn so neben der Garage geparkt, dass er den fetten Audi meines Vaters nicht stören würde, und noch bescheidener unten auf der Straße vor unserem Grundstück stand der Twingo meiner Mutter. Und Tante Maggi war es auch, die uns entgegenschmetterte: »Wie soll ich dich empfangen …«, und wir lachten alle, und ich sagte, das ist aber ein Adventslied, und sie sang »O du fröhliche …« und textete um: »O ich habe mich/noch gar nicht vorgestellt«, und dann tat sie es, und Florian tat es auch, sich vorstellen, obwohl es ja überflüssig war, und wir gingen alle in die Diele.

Diesen Start fand ich nicht übel, auf Tante Maggi hatte ich Florian vorbereitet. Dass sie bei meinem Vater *die Fromme* ist, macht sie mit ihrer vergnügten, herzlichen Verrücktheit wett; ihr Empfang mit Kirchenliedern wirkte nicht bescheuert oder nach religiösem Wahn, eher wie bei einem Clown oder Kind, das den eintönigen Zombie-Erwachsenen ein Bein stellen will. Wir hängten unsere wattierten Jacken in der Garderobe auf, aus der Küche roch es nach Kaffee, *sie sind da*, rief Tante Maggi und meine Mutter: Hallihallo, komme sofort, und *Hallihallo* hätte sie ruhig weglassen können, aber sie hat oft noch schlechtere Begrüßungseinfälle. Tante Maggi sagte: Diese Weihnachten plant sie auf Amerikanisch. Meine Mutter rief: Das Gebäck ist diesmal gekauft. Mabel Hancock machts auch so, weil sie in Rons Koffer ein Frauennachthemd fand, wenn schon Untreue, dann keine Küchenschinderei. Aber ich sehs voraus, sie wird ihm irgendwann verzeihen.

Weil es Tante Maggi war, vergab ich ihr den Schwachsinn, den sie Florian andiente (er ist mein erster Gentleman und hatte schon x-mal Freundlichkeiten von sich gegeben); an ihm rauf- und runterblickend, jubelte sie: Sie sind ein sehr gut aussehender junger Mann. Einen Star hat deine Tochter diesmal mitgebracht, rief sie meiner Mutter zu, die mit der Thermoskanne unseren Weg ins Wohnzimmer kreuzte. Hallo! Hi! Stimmt genau, sagte sie, und Florian solle sich wie zu Hause fühlen (ich fand, sie und Tante Maggi machten ihm das ausreichend unmöglich). Sie sehen wirklich höllisch besser aus als alle, die sie uns bisher angeschleppt hat. Zu dieser Bemerkung (sie will immer jung klingen, ich weiß nicht, wann sie mal nicht Theater spielt) fiel Florian genial ein, sie, meine Mutter, sähe auch besser aus als jede andere aus seinem bisherigen Müttersortiment.

Als wir uns endlich, noch ohne meinen Vater (besser so: häppchenweise, nicht die ganze Familiendosis auf einmal), im fettwanstigen Karree der Ledergarnitur platziert hatten und ich nicht dran glaubte, dass Florian dran glaubte (*sehr nett hier* usw.), sagte ins »Vom Himmel hoch«-Gesumm Tante Maggis meine Mutter: Ja, wir machens amerikanisch. – Stattlicher Baum, lobte Florian den noch schmucklosen, dicht benadelten Koloss, und ich bewunderte seine

Allgemeinbildung, als er fortfuhr: Die Angelsachsen schmücken ihre Bäume auch erst am 24., feiern nur den 25., und dann ist schon Schluss. – Richtig!, rief meine Mutter. Ich hatte Lust, es wie Amy, Jeff und die Kinder zu machen, fand auch, wir sollten wie die den Baum gemeinsam schmücken, und die Päckchen lägen am Boden. Wir müssten allerdings auch in die Kirche gehen, Amy, Jeff und die Kinder tuns immer.

Soso, in die Kirche! Guten Tag allerseits! Auftritt: mein wuchtiger Vater. Florian drückte er ins Polster zurück, und ich bekam einen Kuss ausgerechnet auf meinen akribisch gelegten Pony, den der Kuss platt walzte. Mein Vater plumpste in die Couchmitte. Der Pfarrer würde sich verdammt über diese fremden Leute wundern. Wir sind nämlich schlechte Gemeindemitglieder, junger Mann, aber immerhin haben wir unsere Familienfromme, die Schwester meiner Frau. Tante Maggi war der Ansicht, das solle uns nicht entlasten, es sei keine Amnestie, meine Mutter protestierte sowieso und erwähnte den Gemeindebrief, der monatlich auch in unserem Briefkasten lag. Ihr war nicht entgangen, dass mit dem Kaffee was nicht stimmte (Bouillon-Beigeschmack? Meine Nervosität wegen Florian übertrieb den, aber nicht sehr), denn sie sagte: Stimmts, Maggi, amerikanischer Kaffee ist auch ein Problem, und ich habs nicht schlecht kopiert, stimmts? – Stimmt. Maggi, die bei Kaffee so wenig Spaß versteht wie bei gedeckten Esstischen ohne Maggi-Flasche, fragte: Aber ganz so weit hättest du nicht gehen müssen, oder?

Wahrscheinlich hatte er sein erstes Nachmittagsbier vorverlegt, mein dröhnender Vater, und zuerst gefiel mir ja auch sein hoher Von-Mann-zu-Mann-Lärmpegel, konzentriert auf Florian, der von A bis Z anders ist, aber anpassungsfähig und mitmachte, und außerdem hatte ich damit gerechnet, dass irgendwann wie bisher noch jedes Mal bei meinem Vater die idiotische Seifenschalengeschichte drankäme, doch diesmal … erstens zu früh, zweitens war die Einleitung neu und das Widerwärtigste, was ihm hätte einfallen können. Tante Maggi hatte wegen der Kekse zu wenig Zeit für Weihnachtslieder, meine Mutter war (*o dear: das Eiswasser fehlt!*) in die Küche gesegelt, mein Vater also legte beim Pfeifestopfen los: Junger Mann, ich habs genauso gemacht wie Sie, haargenau so, und zu Weihnachten meinen verdammten Heiratsantrag gestartet, prima Datum.

He, Paps, rief ich, wer redet denn von so was! – *Ich* rede von so was, und dein Freund scheint nicht abgeneigt, mir seine Aufmerksamkeit zu schenken, hab ich recht, Fabian? Ich bellte: Florian! Und der sagte seelenruhig: Sicher. Sicher haben Sie recht. – Na, bitte, sagte mein Vater. Und warum ich schon zwanzig Minuten später, fast schon ein verheirateter Mann, drauf fluchte, auf meine verdammte Frage und auf ihr Ojaoja-Gezwitscher, ich erzähls später. Das, was schon zwanzig Minuten später die Lage verändert hat. Nur, da wars schon unwiderruflich passiert. Und auch wir zu unserer Zeit waren nicht von gestern, und ich hatte nicht Ihre guten Manieren, junger Freund, bin ich erst zum Herrn Papa gereist … ich erzähls später. Erhöht die Spannung, hab ich recht, Fridolin? – Florian! Und wir reden über alles, bloß nicht übers Heiraten. Ich hörte meine Stimme wie ein Ohrgeräusch, es war winzig, als hätte man eine Ameise sprechfähig dressiert. Auf meinen Vater war ich wütend, ich kam mir wie ein schwerverkäufliches Produkt aus seiner Drogerie vor, langweiliges Design, bleischwer im Regal. Die Seifenschalen-Nummer kommt zwar immer an, und er hat sie bisher noch jedem Freund geboten, den ich mit nach Hause nahm, doch immer war wenigstens sein Antrag sein Antrag geblieben, nicht irgendein von meiner Begleitung geplanter, nicht bei Norbert, nicht bei Mischa oder Kevin. Und keinen hats vom Stuhl gerissen, aber sie haben, anders als Florian, der allem gewachsen ist, bedeppert vor sich hin gestiert, und die Sache mit ihnen ist danach irgendwie erlahmt, übrigens auch mein eigenes Interesse daran. Ich werde nie kapieren, warum mein Vater diese saudumme, längst vergangene Szene überhaupt präsentiert. Dass meine Mutter meistens dabei ist, stört ihn ebenso wenig wie sie. Ich werde es nie kapieren.

Meiner Mutter fiel überhaupt nicht auf, dass mein Vater gegen das amerikanische Gesetz *Wir schmücken den Baum gemeinsam* verstieß und sich solo drangemacht hatte, diese erschlaffte Lametta-Dauerwelle über die Zweige zu drapieren, sie berichtete mir: Schätzchen, hast du mitgekriegt, dass Tante Martha diesen kauzigen Klinikgeschäftsführer nun doch nicht heiratet? Ich bin heilfroh darüber. Ihr Louis ist auch sehr erleichtert, sie ist zwar noch geschmeichelt, weil jemand sie derartig verehrt hat und sie nun weiß, wie man Muscheln isst, aber sie engagiert sich wieder für Louis' Wehwehchen. Was Vanessa sich zurzeit leistet: nicht zu fassen. Einfach schikanös. Du wirst nicht schlau aus ihr, weil sie trotzdem immer weiter dem armen Stephan den Kopf verdreht. Aber auch arme Iris. Ich habs nicht mitgekriegt, aber als Tierärztin arbeitet sie wohl kaum noch. Lebt ja jetzt auch in der Villa.

Tante Maggi hatte irgendwas mit »Gelobet seist du …« abgebrochen und in die arme Iris reingeredet: Das Schönste an meinen Besuchen ist, dass ich ringsum gläubig werde. Vielleicht liegts am Kontrast. Als würde ich in eine Essenz getaucht oder so.

Wenn damals die Seifenschale in ihrer Duschzelle *vorher* runtergeknallt wäre, dann hätte ich, mit meinem Kopf, voll von ihrem Gezeter, o nein, dann hätte ich sie nicht gefragt. Wenn das verdammte Seifenschalendrama vorher passiert wäre, gäbs diese Familie hier nicht. Nur ein paar Minuten früher oder später, und zwei Leben wären anders verlaufen. Zwei stecknadelkopfgroße Momente entscheiden über zwei Biographien. He, ich hatte doch noch eine Schachtel Lametta. Als meine Mutter sich einmischte, wurde mir klar, dass ich die Dinge laufenlassen musste. Sie erklärte Florian: Mein späterer Mann hatte damals bei mir geduscht, wir waren erhitzt, Sie wissen schon … aber auch vom Päckchenauspacken, es war ja Weihnachten, und wir feierten es bei mir, und er machte meine Seifenschale kaputt, und mich ärgerte, wie rüde er mit fremdem Eigentum umging.

Plötzlich zu Haus, Tante Maggi kehrte ihr liebes Mädchengesicht Florian zu, kann es passieren, dass ich erschrecke: Maggi, du bist ja ungläubig. Ich mache mein Ritual, aber Fehlanzeige. Ich bete, aber ich kriegs nicht mit, was.

Und was heißt *eingeborener Sohn*? Puh! Hört alles sofort auf hier bei euch, ich brauche bloß bei euch zu sitzen, und schon fühle ich mich wie eine Heilige oder eine Stufe drunter, eine Selige. »… o du selige, gnadenbringende Weihnachtszeit …«, wenn mein unfrommer Schwager all dieses Geglitzer über die Zweige stülpt, und mit mir allein zu Haus, wenns plötzlich losgeht mit der Ungläubigkeit, ist Gott als Vater, der seinem Sohn so viel Grässliches zumutet unter den Menschen im Jammertal, er ist eine Hürde. Florian, denken Sie nicht, Gott müsste viel zu sanft sein für so was? – Es ist kompliziert, sagte Florian. Aber wenn Ihre Schwester von allen diesen Leuten mit ihren Sorgen erzählt, Tante Martha, Iris, so hießen sie doch, und den andern, der betrogenen Ehefrau, eine turbulente Familie. – Sie spricht nicht von unseren Verwandten, sagte ich. Die ganze Wahrheit wollte ich Florian nicht offenbaren, er fände dann meine Mutter verrückt, die jetzt seufzte: Zimttoasts konnte ich nicht auftreiben. Die kleine Mellie Lasky mag sie so sehr. Übrigens im »Revier« ist neulich Oma Krause in Panik durch den Verkehr gehetzt und rief nach ihrem entflogenen Kanarienvogel, und der Neue im Team macht sich an die hübsche Polizistin ran, ich finde sie zu zart für ihren rauen Beruf, aber sie ist cool … – »Herbei, o ihr Gläubigen«, sang Tante Maggi. Lieber Florian, kennen Sie das Lebensgefühl *Ich kann nicht mehr warten*? Und: *Weiter, nur weiter mit mir*? Es ist meins, und ich fürchte, es hat was mit Todessehnsucht zu tun. Tante Maggi nahm ein Blaubeermuffin, und mit »Stille Nacht«-Getöse befreite mein mit der gesuchten Lamettaschachtel zurückgekehrter Vater Florian von einer Antwort, er sagte: Meine zwei Grazien, unsere gemeinsame Herzensdame lasse ich mal weg, Grazie Nummer drei, meine zwei nicht mehr taufrischen Grazien haben sich im Lauf der Jahre wirre Köpfe geholt, nur leider belästigen sie ihren Verstand nicht mit banalem Küchenkram, und wir werden uns morgen um eine halbgare Pute versammeln, das Tier wandert noch mal zurück in den Backofen und hat, nach dreißig Minuten gar, aber verspachert wie eine alte Frau, ihren zweiten auch nicht glorreichen Auftritt. War nur ein Blick in die Zukunft. Und beim Blick in die Vergangenheit zerspringt immer wieder die verfluchte blöde Seifenschale in der Duschzelle, und ich höre, wie sie drauflosschimpft, und ich hatte sie leider bereits gefragt. Ich wusste, sie wartet drauf, wir hatten mehr als zwei Jahre zusammengelebt, wir zu unserer Zeit waren so wenig zimperlich, wie ihr Jungen heut es seid, und sie wartete schon lang drauf, dass ich sie frage, es war sicher hauptsächlich das: Sie wollte gefragt werden, vielleicht mehr als die Sache selbst, obwohl, Frauen treibts immer in die Ehe, aber sie wusste vielleicht noch gar nicht, ob sie Ja oder Nein sagen wollte, bisschen mich zappeln lassen, an Ja war sie viel näher als an Nein … und nach dem Schimpfspektakel wegen des albernen Seifendings hätte ich sie nicht gefragt, ich hätte mich schleunigst aus dem Staub gemacht. Und morgen vielleicht ein Prachtstück von Pute auf dem Teller. Grimmig zufrieden lachte mein Vater.

Florian, wieder genial, sagte, die Seifenschalentragödie verweise doch aber auf die gute Hausfrau, die mein Vater sich gewünscht habe, nur braucht meine Mutter keinen

Beistand. Kritik nimmt sie kurz zur Kenntnis und weiß dabei schon den jeweils passenden Part aus ihrem TV-Milieu oder Lesefutter. Ihre Protagonisten machen dauernd Fehler. Es ist die Welt, in der sie wirklicher lebt als am Herd mit irgendwelchen Vögeln im Backofen. Jetzt war sie Joanne. Joanne hatte zu Thanksgiving dieses Malheur mit dem Turkey, rief sie. Und ich weiß nicht, was in mich gefahren war, nur dass ich sagte: Mami, warum feiern wir das Weihnachten anderer Leute. Und die werden auch nur von andern Leuten gespielt. Wir könnten wir selber sein. – Vielleicht ist spielen gar nicht so dumm, sagte Florian, mein Retter. – Ich bin skeptisch, was dabei rauskommt, wenn wir pur wir selber sind: Meine Mutter klang stolz und beleidigt, und zum ersten Mal spürte ich den großen Vorteil durch Imitation, ihre Klugheit, und ich hätte mir meinen Vater, der *pur er selber* war, als Seriendarsteller gewünscht.

Was essen sie in US-Serien am 24. 12. zu Abend? Meine Mutter plante Thunfischsandwiches und Fertigsalate. Gehn wir ein bisschen spazieren, schlug ich Florian vor. – Dein Freund hätte sicher gern einen Drink, sagte meine Mutter, Tante Maggi pfiff »Ihr Kinderlein, kommet«, und mein Vater sagte: Was zu trinken? Aus dem Köpfchen meiner First Lady kommt doch ab und zu eine gute Idee. Und Florian sagte, er sage nicht Nein, lobte den Glitzermonsterbaum. Noch nicht fertig, sagte mein Vater geschmeichelt, goss für alle Gin ein, Cocktails sollten es sein, fand meine Mutter. Ich wusste nicht, ob das günstig oder abschreckend wäre, falls es stimmte, dass Florian sich an unserer familiären Seifenoper delektierte. Hilf deiner Mutter in der Küche, sagte mein Vater zu mir, auch Tante Maggi riet er, sich nützlich zu machen. Wir blieben beide. Tante Maggi wollte ihren Glauben weiter stärken, worin die Berserkertouren meines Vaters sie am besten unterstützten, und ich fand, hier aufzupassen wäre klug. Um das leichter zu überstehen, lief ich schnell rauf zu meinen Sachen, reduzierte meinen Weihnachtsbedarf und war dann gut abgefüllt, eine Zigarette half auch.

Junger Freund, mein Vater hob sein Glas feierlich, und Florian erwiderte die Geste, Sie wissen selber sehr gut, wie überflüssig es ist, diese junge Dame, meine Glücksfee von Tochter, unter die erste beste Haube zu stopfen. Aber meine Frau, und ich erzähl keine Märchen, prima sah sie einstmals auch aus, trotzdem: Vorsicht! Denken Sie an die Seifenschale und die paar entscheidenden Minuten. Man sollte einen aufschlussreichen Moment strategisch vorplanen, einen, der die Weichen stellt. – Das machst du gerade, oder? Tante Maggi hatte sich schlau gemeldet, aber etwas daran passte mir nicht, ich sagte: Lass doch. Er irrt sich, mit Antrag und Heiraten und alldem ist bei uns sowieso nichts los. – Ich hör ihm gern zu, sagte Florian. – Quod erat demonstrandum, triumphierte mein Vater. Also: Womit offenbart meine Auserwählte ihren Charakter? Wenn was passiert? Pingelig ist sie nicht, da gibts nichts zu testen. – Ja, was tun? Florian ging immer noch auf ihn ein, und ich mag zwar Frieden, aber plötzlich nicht, nicht diesen, und Tante Maggi sang »Tochter Zion«, und bald erschiene meine Mutter mit verkorksten Sandwiches und irgendeiner Dolly, der sie kürzlich auch missraten waren. Da warf ich meine fast runtergerauchte Zigarette ins Lamettadickicht, rief: *Feuer!* Und: *Da glimmt doch was!*, und wir alle rutschten auf dem Boden rum und suchten. Meine Mutter platzte in den Aufruhr mit Applaus: Genau wie in *Burning x-mas*, der kleine Jamie wollte Feuerwehr spielen, und wir werden jetzt wie die Tottenhams Wasser ranschleppen müssen, bloß müssten mehr Gäste da sein, aber sonst stimmt alles. Ich sags ja: Wir kriegen amerikanische Weihnachten. Komisch, aber gerade ab da merkte ich, dass wir nicht spielten und es ganz genau unser eigenes Weihnachten war. (Die Sache zwischen mir und Florian läuft übrigens noch, nichts versickert wie vorher bei den andern. Natürlich macht er keinen Antrag, wie sollte er auch. Mein Vater muss mich da wohl, und zwar zum ersten Mal, mit seiner grässlichen Seifenschalenoper verhext haben, weil ich immer mal dran denke, angeblich wollen ja alle Frauen wenigstens gefragt werden.) »Warum sollt ich mich denn grämen«, Tante Maggi schüttete Maggi über ihren Thunfisch.

Die Idee des Jahres

… na ja, und dann geh ich mit den Kindern über den Weihnachtsmarkt, sie kommen diesmal ein paar Tage früher, und wir machens wegen der Tradition und damit Ulla Ruhe für ihre Vorbereitungen hat. Du, die bring ich am 24. zum Staunen, ich habe nämlich eine Brosche für sie, eine echte Okkasion, und warum es eine ist, hat mir der Antiquitätenbursche sogar verraten, aber erst nach getätigtem Kauf, haha! Das Ding macht wer weiß was her … Feierabend! Heut mach ich etwas früher Schluss, he, du! Hörst du mir überhaupt zu?

Schwer zu vermeiden.

He, Frank, Frankie-Boy, was ist los? Könnte sich das Wunder ereignet haben und in deinen grauen Zellen den Embryo einer Idee für die Bosse gedeihen lassen?

Frank Sampers Kollege und Schreibtischgegenüber, Peter Stock, war fertig mit seiner Nervensägerei.

Eine Idee für die Bosse! Für die Firma! Fürs Ansehen von Frank Samper bei Kraafts & Billing! Wahrscheinlich stand hinter seinem Namen schon ein großes Fragezeichen. Die Idee fehlte, war seit Monaten nicht herbeizuzwingen, aus welchem Versteck auch immer; anzunehmen, dass es gar kein Versteck und somit auch keine dorthin desertierte Idee gab. Was Peter Stock mit Sicherheit wusste, weshalb er, nun wie zu einem Patienten, tröstlich sprach: Schon gut, mein Alter, schon gut. Also: Broschen würden Frauen heutzutage nicht mehr tragen, hat mir der Antiquitätenschlaukopf anvertraut. Er hat mehr von den Dingern, alles Beutegut aus dem Besitz alter Damen, altertümlicher Krimskrams, und ich rate dir, kauf deiner Irena auch so ein Stück. Egal, ob sie Broschen tragen oder nicht, Frauen sind auf Schmuck versessen, Ulla ists, und irgendwas lässt sie ständig umarbeiten, von einem in den andern Klunker … oder hast du schon was für sie? Irena?

Ich platze vor Ideen.

Frankie, ohne Idee, die seinen Posten bei Kraafts & Billing rettete, hatte auch keine, aus der sich ein Weihnachtsgeschenk für seine Frau kristallisieren würde. Doch, eine Idee und zudem eine wirklich erstklassige hatte er – gehabt. Verworfen. Zu faul für die Ausführung. Abgeguckt bei Manfred Todt, einem anderen Kollegen, Lizenzabteilung. Jede Neuerscheinung des Lieblingsautors seiner Frau kaufte Todt heimlich, versandte sie in einem Couvert mit Adressaufkleber und Rückporto. Der Lieblingsautor musste nur noch seine Signatur plus Datum ins Buchinnere schreiben und die Sendung an eine Deckadresse zurückschicken. Das hatte Frankie originell gefunden und ihm den Weg zu Irenas kleinem Bücherstapel gewiesen: Vor ihrem Nachttisch ratlos, beschloss er, sich nach Noomi Todts Lieblingsautor zu erkundigen: Sie und Irena besuchten mittwochs gemeinsam einen Lesezirkel und schwärmten vielleicht denselben Autor an. Aber der Elan, die Sache in Angriff zu nehmen, versackte zeitgleich mit dem Näherrücken des Schreckgespensts Weihnachten.

Als Peter Stock den nächsten Anlauf nahm, um vor Weihnachten Frohsinn zu verbreiten, unterbrach Frankie ihn mit der Energie aufgestauter Gereiztheit: Hör zu, alter Weihnachtsmann, es ist wenig hilfreich, dass du mich mit deinen Glückseligkeiten vollschwadronierst. Mir wird dein Lieblingsfest mit jedem Punkt und Komma noch mieser.

Das ganze Ausmaß seines Horrors musste der für den Alltagsgebrauch sympathische Kollege, eigentlich ein Freund, nicht erfahren. Der gute Kerl konnte nichts für seine glückliche Veranlagung. Außerdem wäre es ein verschwendeter Aufwand und ein vergeblicher Versuch, die optimistische Einstellung eines naiven Menschen zu trüben.

Zu euch kommen doch auch die Kinder? Etwa nicht? Peter fragte friedlich, wiederholte, dass jetzt Feierabend war, und räumte auf seinem Schreibtisch herum.

Alle Jahre wieder. Klar, sie rücken an, wundersamerweise, köstlich, zauberhaft, knurrte Frankie. Ist dirs je durch den Kopf gegangen, dass sie kommen, um Kasse zu machen? Beruhig dich, sei ein Realist. Trotzdem ists nett, sie wiederzusehen.

Realisten waren sie beide. Und Frankie wollte sich überhaupt nicht beruhigen, aber emotional durfte es nicht klingen: Alles Herablassung und Getue und lustlos. Sie blieben lieber, wo der Pfeffer wächst, beziehungsweise da könnten sie von mir aus bleiben.

Ich freu mich auf meine kleine Sue. Peter hörte sich zurückgenommener an, etwas defensiv-trotzig. Und dir müsste es mit deiner kleinen Melli genauso gehen. Natürlich, wir freuen uns auch auf die Söhne. Aber Töchter, Väter und Töchter, das ist so was Gewisses, was Spezielles, so ein Draht … na, du weißt schon.

Und deshalb freuen wir Väter uns nicht auf die derzeitig aktuellen Halunken, die unsere süßen Töchter anschleppen. Frankie dachte: Immerhin liegt Weihnachten nicht im Sommer. Beim letzten Pflichtfestbesuch zum Mami-Geburtstag, Juli-Hitzewelle, hatte er sich dauernd um zu viel entblößtes hübsches Melli-Mädchenfleisch gegrämt, diese unverdiente Perlen-vor-die-Säue-Offerte an einen Drei-Tage-Bart-Typen ohne Sachverstand und Zartgefühl. Fleisch von meinem Fleisch, aber das Copyright war nicht mehr beim Vater.

Du bist heute in einer saumäßigen Laune. Peter hörte sich endlich doch beleidigt an. Seine zuversichtliche Übereinkunft mit den Gesetzmäßigkeiten des Bürger- und Familienvaterlebens schien leicht beschädigt. Auf Weihnachten hatte ein vernünftiger Teilhaber am öffentlichen Leben sich zu freuen, unter sämtlichen kirchlichen Festivitäten bildete Weihnachten den Höhepunkt und war tabu, ausgenommen notfalls Ostern, wenn schon herumgemeckert werden musste, aber besser, man feierte die Feste, wie sie fielen, und freute sich, desgleichen auf Fußballländerspiele und Formel-1-Rennen, und vollkommen über alle Zweifel erhob sich die Freude auf die eigenen Kinder. Warum wie ein griesgrämiger Erbsenzähler nach trüben Motiven, Raffgier, Pflichtableisten oder so suchen? Und doch war es Peter, der jetzt einen Fluch ausstieß. Der Fluch war sachlicher

Natur, physiologisch: Beim Ordnungmachen hatte er sich vor dem Schreibtisch in die Hocke begeben, und als er sich, nichts Böses erwartend, wieder aufrichtete, verfluchte er den Schmerz in seiner verkorksten Wirbelsäule. Später erinnerte sich Frankie: Der erste Fluch wars noch nicht, erst beim zweiten hab ich geschaltet. O Dank dem zweiten Fluch! Durch ihn ging mir ein Licht auf, strahlender als Irenas kerzenbestückter Christbaum und in Konkurrenz mit dem Stern von Bethlehem! Aua! Verdammt!, rief Peter, und der erleuchtete Frankie erinnerte sich reuig an frühere Weihnachtskonzerte der Kinder und sein mit Schuldgefühl gemischtes Glück (mit dem Leben zeugte man den Tod): Andreas, stolz auf den Dämpfer, setzte ihn zu »Leise rieselt der Schnee« auf die Geigensaiten, Melli sang zu laut: ach, die ernsthaften andächtigen kleinen Gesichter! Na gut, das war damals.

Peter rieb sich den Rücken, stand vorsichtshalber noch gekrümmt vor seinem Aktenkoffer, und Frankie musste an den Pawlow'schen Hund und seine Programmierung denken, hörte in sich immer noch das *Aua*, den Fluch. Befreit von der Weihnachtswucht, genoss er seine ins Leichtgewichtige katapultierte Stimmung körperlich, kam sich wie ein Astronaut, nach dem Countdown ins All abgeschossen, vor: Das Biosystem Frank Samper, nicht nur sein Gemüt, hatte die Gravitation überlistet. Ein Kinderspiel plötzlich, den Kollegenfreund zu trösten: Hat bestimmt nichts zu sagen. Ich kenns von Irena, und ihre Wirbelsäule ist tipptopp. Kriegt trotzdem diese Schreckschüsse. Reg dich ab.

Peter Stock hatte im Frühjahr monatelang flachgelegen,

war aus dem Verkehr gezogen und nur mit Glück und knapper Not einer Bandscheibenoperation entronnen. Und der brave Optimist beteuerte auch prompt (vor allem wohl sich selber), das jetzt seien immer nur noch so ein paar Nachwehen. Sollen mich wohl daran erinnern, dass ich kein Springinsfeld mehr bin. Tröstete seinerseits (und Frankie dachte hinterlistig: einen, der nicht mehr getröstet werden muss): Unsere besseren Hälften erledigen doch den ganzen Schamott, alles, was Arbeit ist an Weihnachten, machen die Frauen, oder nicht? Frankie gab ihm recht, und während Peter ein Loblied auf die gute alte Weltordnung der ehelichen Arbeitsteilung sang, garniert mit Spott für die männliche junge Generation, die sich von den Frauen unterbuttern ließ, überlegte er, ob nicht ausgerechnet Irenas patente fidele Weihnachtsschufterei (gewiss, sie stöhnte auch drüber, aber das rüttelte nicht an den Grundfesten der Rituale), ja ob nicht das aktive Einverständnis Irenas als Kontrast zu seiner Unlust sein Festproblem verdopple. Weil er ja aber mittlerweile schwerelos in seinem Raumschiff durchs Universum kutschierte, hörte er sich gutartig zu, als er zu Peter, der sich wieder gerade aufrichten konnte und in sein hüftlanges Acrylmonster verpackte, bösartig sagte: Bei uns ists doppelt und dreifach gerecht, dass nicht ich es bin, der die Scherereien mit dem Feiertagszauber am Hals hat. Irena besteht drauf, dass alles wie immer sein muss, Baum, Lametta, Kugeln, Festessen, Gebäck und wer weiß was noch an Nervtötern. Beinah tat Irena ihm ein bisschen leid, während Peter ihm vorwarf: Du kannst ein richtiges Ekel sein, Frankie-Boy. Ziehst Irena durch den Kakao, tust so, als wäre sie ein unbedarftes Hausmütterchen, das sich mit Leidenschaft einen Haufen Arbeit einhandelt, obwohl du genau weißt, dass sie höhere Interessen hat …

Frankie fiel wieder die verworfene Buch-Signatur-Idee ein, doch zog sie ihn nicht auf die Erde nieder, und wusste er denn, ob dieser Wie-hieß-er-gleich-noch ihr Lieblingsautor war? Gleichwohl: minimal bedauernswerte Irena. Er rettete das Mitleidsrudiment bis nach Haus, wo er sich anbot, bei den Wer-kriegt-was-Listen zu helfen.

Irena blickte ihn fischäugig an: Frankie! Ist dir klar, was wir für ein Datum haben? Stimmt was nicht mit dir? Und mit dem Abendessen hätte sie es sich leichtgemacht, kaltes Huhn und Gurkensalat, sagte sie, und dass Melli mit einem Jens oder Gösta früher käme und sie bei zwei zu Beschenkenden noch Zweifel habe, wenn das mit dem Helfen ernst gemeint war.

Aber dann kam alles anders. Im Rückblick, die Kinder mit anderen Plänen für den Jahreswechsel wieder abgereist, sinnierte Frankie: So lang hätte ich mich nicht quälen müssen. Maximales, bestes Weihnachten seit … ewig her. Als es noch richtig schön war. In meiner Kindheit, in der Kindheit meiner Kinder. Er schickte seinem sentimental sanften einen unsentimental sanften Fluch plus leises *Aua!* hinterher. Nichts tat weh.

Er macht uns wirklich Kummer, der Ärmste. Irena telefonierte mit Freunden. Anscheinend gings um Silvesterverabredungen, denn vorher hatte sie dauernd *leider leider* und *keine Chance* geseufzt und wie jedes Mal das *Opiat* erwähnt, stolz ehrfürchtig: oh, ja, ein Opiat oder Opioid, auf jeden

Fall was mit Opium, und er hat schon das dritte Fläschchen intus … Ja, für die Kinder wars schmerzlich, denn ihr Vater, ich musste das respektieren, er wollte keinen in sein Zimmer lassen, nur mich natürlich … doch, gegessen hat er ganz gut. Irena hörte eine Zeitlang zu, dann klang sie nicht mehr stolz wie beim *Opiat:* Stimmt, in der Firma läufts zurzeit für ihn nicht gut. Die kämpfen mit harten Bandagen in der Werbung, und Kraafts & Billing sind keine Heilsarmee, und Frankie hat ihnen seit dieser Fußbalsamtube keinen Auftrag mehr beschert … Aber nein! Wenn er sich doch fast nicht *bewegen* kann, wie sollte ich ihn ins Auto und zum Röntgen schaffen! Krumm wie ein Krummsäbel schleppt er sich ins Bad, mehr geht nicht, trotz *Frappant*, es ist aus der Schweiz, und meinem Schwager halfs, doch bei Frankie: nichts, null. Aloe-Spray? Na schön, aber es ist nur ein Erfrischungsnebel, kein Heilmittel. Ach, mit dieser Fußbalsamtube stand er prima da, der Werbechef persönlich hat ihm gratuliert. Du kennst doch die Tube, wir haben sie ringsum verschenkt. Wie? Nachgeholt wirds. Das Design ist nun mal sein Metier, sie sollten ihm nicht auch noch Slogans abpressen, die Firma macht Wort, Design und sogar musikalische Untermalung, also Frankies Idee war eine in Zehen mündende fußförmige Tube, wirklich lustig. (Frankie, bis hierhin gerührt, fand das Folgende mehr als überflüssig.) Aber mit Wortideen glänzt er nicht. Überraschung!, rief er neulich, und was wars? Balsamico wollte er diese neue Salbe in seiner tollen neuen Tube nennen! Balsamico! Weil da Balsam drin vorkäme. Und ich sagte zu ihm, nachdem ich mich ausgelacht hatte, bis mir die Hüften wehtaten: Frankie-Boy, du machst doch am Wochenende manchmal den Salat an. Und wie heißt der Essig, der italienische, von dem ein paar Tropfen genügen? Na also: Balsamico!

Plaudertasche, Kaffeetante, wirklich: total überflüssig Wort für Wort der dummen kleinen Anekdote, ach – Frauen! Seltsame Geschöpfe, die offenbar Slip-Einlagen brauchten (kein Design-Beitrag von ihm!) und garantiert genauso dringend etwas Ähnliches gegens Schwatzen, Sprech-Überflüssigkeit. Nun, aufs Ganze gesehen, ruinierte die schäbige Miniatur-Schmach Frankies Wohlgefühl, ein Urbehagen, überhaupt nicht. Mittlerweile hörte er Irena wieder beim ehelich-liebevollen Klagen zu: ... und kurz bevor der Ärmste mit einem Aua-Schrei niedergestreckt wurde, hat er noch was von einer Top-Idee gesagt, er hätte eine ... ach, ach! Vielleicht wars was zu Weihnachten, vielleicht aber doch was für die Firma, beruflich. So ein Pech. Von der Idee des Jahres, ja, so hat er sich ausgedrückt.

Und das kannst du laut sagen, das war sie. Die Idee des Jahres. Frankie rekelte sich schmerzfrei wie eh und je, er hatte gar nicht mehr gewusst, wie erholsam Bettruhe tagsüber war. So unkritisch gegenüber Weihnachten wie seit dem Pliozän nicht mehr, lächelte er mit dem glitzernd dekorierten Plastikbäumchen, das Irena in Mellis Auftrag ans Fenster gestellt hatte. Besonders ernst nahm er die Überlegung nicht, ab wann er wieder gesund sein wollte.

Es muss etwas schiefgehen

Als Milva Huber sich aus Nervosität dazu entschloss, ihrer Freundin Liz einen Brief zu schreiben, konnte sie noch nicht ahnen, wie genial diese Idee sich später ausnähme. Vieles war zusammengekommen: Heute, trotz idealer Bedingungen dafür – regnerischer Tag, Blick auf die herbstlich sich rötenden hohen Ahornbäume im Nebeldunst der Stiftsallee samt Klosterkirche, Kloster –, kam die Kaffeezeit-Harmonie nicht zustande, kein Genuss, keine Konzentration auf die Tageszeitung. Hing zusammen mit Nummer zwei, eigentlich Nummer eins der spielverderberischen Ursachen: Mit dieser verrückten Hausaufgabe für Creative Writing. Zwei disparate Themen sollte sie in eine einzige Story zwingen, Weihnachten und Konrad Adenauer. Und obwohl man sie nicht dafür schlachten würde, wenn sie es einfach sausenließe, bohrte es in Milvas Kopf, kommandierte: Denk drüber nach! Du musst es schaffen. (Der zweite Befehl klang schwächlicher: Gibs auf! Mach dirs bequem!)

Und warum das so war, obwohl Milva seit einigen Jahren dem Prinzip folgte: Das Leben ist kurz, sei dir jeder Minute bewusst!, und obwohl heute aus dem Behagen nichts wurde, Liz verstände es sofort. Sie war die Freundin für

Sachen mit Männern, allerdings noch immer als Verwirklicherin, während Milva Huber vor einer gewissen Altersschwelle, und die schien ihr bei ihnen beiden überschritten (altmodisch?), Respekt und auch mehr Glück beim Phantasieren hatte. Ein weiterer Grund für die Entscheidung, Schluss mit Couch, Zeitung, Wohligkeitsscheitern zu machen: der Computer. Computer, die Umschulung waren daran schuld gewesen, dass Milva Huber den ersten Moment genutzt hatte, in dem man mit dem Beruf aufhören konnte, Gehalt (fast) egal, siehe Leitmotiv, und zu ihrem Chef gesagt hatte: Ich möchte zum 1. 1. gehen.

Dann schenkte ihr ein Neffe seinen für ihn nicht mehr alle Zwecke erfüllenden Computer, und Milva probierte doch wirklich auf dem verhassten Ding herum, wurde fingerfertig, sie nutzte nicht alle seine Möglichkeiten, aber mit dem PC hatte es angefangen, dass sie Schreiben als Spiel zu lieben begann; sie überraschte ihren Freundeskreis mit ausführlicher Post (vorher eine öde Pflicht), und immer am PC genoss sie die Empfindung eines Rollentauschs, sie war eine andere Frau, ihre eigenen Probleme wurde sie los, sie war eine ihr sympathische Fremde. Und so geschähe es auch jetzt im Brief an Liz, selbst wenn der hundertmal mit ihrem eigenen Problem (mit dieser Story, diesem spleenigen Cocktail) zusammenhinge, das Interessante für Liz wäre, warum es damit zusammenhing. Auf einmal, sie tippte gerade *Meine Liebe*, mochte sie das Problem. Guter Stofflieferant für einen ihrer Fortsetzungsbriefe.

Nach Einleitungssätzen und der Schilderung ihrer Lage, deren Kniffligkeit sie Liz nicht erklären musste (ihr Creative-Writer-Lehrer, ein großer, stattlicher Mann mit reizvoll ergrauender Haarpracht, hieß zwischen den Freundinnen nur *Akzent*, womit ein moderates, jedoch ernstzunehmendes Verliebtheitsquantum diskret zum Ausdruck kam – Liz' reale jeweilige Männer trugen ihre Eigen- oder Kosenamen), verdunkelte ein mit Schneeflockenvorboten vermischter Regenschauer das Wohnzimmer, und Milva knipste die Schreibtischlampe an: Gipfel der Behaglichkeit, und dann regnete es sich ein. Milva schrieb:

»Natürlich könnte ich es einfach lassen. Der *Akzent* hat uns schon in der ersten Stunde, ewig her, kommt mir vor, zugesichert: kein Zwang. Das C.-W.-Motto heißt: Ich übe, wozu ich Lust habe. Alles geschieht freiwillig. Der *Akzent* würde nur hinreißend lächeln, wenn ich erkläre: Ich passe. Nicht sagen dürfte ich: In der Adenauer-Ära war ich zu jung für politisches Interesse, das ist viel später erwacht und wie! Das mit dem Zujungsein wäre zu viel Hinweis auf mein jetziges Alter. Aber der andere Hinweis, meine Gier auf Bescheidwissen in der Politik, ist wichtig, wie Du weißt, entweder gibt der *Akzent* die Monatszeitschrift *Der politische Blick* mitheraus, oder er ist Redakteur, und stell Dir bloß vor, falls ich diese Wahnsinnskombination doch hinkriegte, den alten Adenauer wirklich in eine Weihnachtsstory stopfte, hätte ich sogar zum ersten Mal eine Publikationschance, und zwar in der Dezember-Nummer, Schwerpunkt Adenauer, worin sie gern noch einen Touch Weihnachtlichkeit hätten, wahrscheinlich für die Ehefrauen der wohl hauptsächlich männlichen Leser und Abonnenten von *P. B.* Du erkennst: Ich sitze in der Falle. Ich bin x-mal durch die

Wohnung gelaufen, habe geistesabwesend bald hier, bald dort hantiert (schon wieder im Bad auf den schwarz und grau gesprenkelten grünen Kacheln diese mysteriösen getrockneten Wassertropfen, und ich passe doch dermaßen penibel auf, im Bad spukt ein Geist herum), ich probierte das Aufatmen, stellte mir vor, ich hätte mich von der vertrackten Hausaufgabe endlich erlöst, klappte aber nicht. Du wirst mir widersprechen, doch bleibe ich dabei, dass ich nicht mehr im Alter für solche Gefühle bin, und trotz Alter will ich im Kurs als Herausragende dem *Akzent* auffallen und darüber hinaus idiotischerweise als Frau, die Beste in jeder Hinsicht. Dazu gehört, dass ich die Waffen nicht strecke.

Um mich abzulenken, beispielsweise von der Idee, dem Adenauer eine Kindheit zusammenzuphantasieren (auf was für Spielsachen hätte er sich gefreut?), lade ich meine Sorgen schnell mal bei Dir ab. Tut gut, wie immer. Wodurch wäre Weihnachten dem Adenauer-Kind verdorben worden? Seit ich bei Creative W. mitmache, weiß ich, dass in wirklich guten Geschichten irgendwas schiefgehen muss. Ohne Scheitern und Probleme läuft da nichts, wie man übrigens, denk mal zurück an alles, was Du gelesen hast, Hamlet, Werther und endlos so weiter, die gesamte Weltliteraturgeschichte hindurch längst hätte wissen müssen. Zu Adenauer als Kind fällt mir null ein, überhaupt nichts, adieu, Einfall. Sowenig ich auch, historisch-politisch gesehen, von ihm weiß, der für Stories geeignete Typ Junge könnte er nie und nimmer gewesen sein, kein komplizierter kleiner Einzelgänger, sondern seelisch stabil.

Ich hatte die bleichen Klecksspuren im Bad mit einem feuchten Tuch weggewischt, riet mir wieder *Gibs auf* und wollte es (Mittagszeit, da erlahmten selbst die Zisterzienser-Mönche) mir auf der Couch mit allem gewohnten Drum und Dran gemütlich machen (kennst Du schon die Mandel-Crackies, gibt auch Walnuss, Vanille?), Regen klatschte gegen die Fenster, und doch, es funktionierte nicht. Nur partiell.

17.05 Uhr mittlerweile, fand plötzlich den Nachmittag so englisch, deshalb Tee gebraut, dazu Ballantine's, Zigarette französisch, außerdem Telefon: Frau Niehaus-Meyer (warum hängt sie an ihrem *Meyer?)*, neue Nachbarin, neu im Creative W. (macht außerdem noch Bast-Bastelkurs, Hallentennis), lud mich für morgen zum Kaffee ein, sprach von Hilfe in Sachen Adenauer. Mal sehen. Übrigens fand sie, was ja feststeht: Mir hat der *Akzent* die schwierigste Aufgabe gegeben. Mit Weihnachten gehts mir übrigens längst wie Dir, Du schaffst es zwar mit viel Familie, aber seit nun auch meine Tante Motti nicht mehr da ist, gehe ich Weihnachten unerschrocken an.

Ich habe die kleinen Dezembertage sehr gern, mildes, müdes Tageslicht vom spät beleuchteten Morgen bis zum früh dämmrigen, dann nächtlichen Abend, Tage, schwarz gerahmt wie mein Lieblingsölbild, das mit der Dorfstraße als Ausgangspunkt und den kleinen Häusern mit Dächern wie dunklen Mützen, im Bildhintergrund endet der Blick auf die Straße mit einer Kurve und vor einem Haus, in dem zu meinem Entzücken jemand schon das Licht angeknipst hat, was die Szenerie so bewohnt macht und so vertraut, als wäre es dein eigener Heimweg.

Sie haben was, diese abendlichen Vorweihnachtstage, Schnee in der Luft, eine geliebte Stimmung wie der Widerschein aus der Kindheit, ein Heimweh, das wie ein Fernweh ist usw., also über Weihnachten zum Beispiel in dieser Dorfstraße (seltsamerweise mit einer Spur wie von Schienen) und im beleuchteten kleinen Haus an der Kurve schriebe ich ohne weiteres eine Story, die dem *Akzent* an die Seele griffe, das würde sie, und wenn er noch so supermännlich ist. (Ich glaube nicht, dass er sehr gefühlvoll ist oder romantisch, insofern wäre er nicht nach Deinem Geschmack, aber ich fliege nun mal auf Macho-Schränke, breitschultrige.) Nur, was ginge schief in meinem Weihnachtsgenrebildchen, so schief, dass es literarisch würde? Und wer überhaupt nicht in diese Szene passen würde, das ist Adenauer. – Pause, verdammt, wieder Telefon, Kim Becker mit bla bla bla … muss heut früher Imbiss haben und im TV-Sessel wegen *Blenham Palace* und nach zehn Minuten schon *Doktor Zuversichtlich!* Bis demnächst! Milva.«

Demnächst wurde der diesmal halbsonnige Morgen am Tag nach Milva Hubers Besuch bei der Doppelnamen-Nachbarin.

»Da bin ich wieder. Ich genieße die Freiheit vom Beruf, elf Uhr und ringsum Wohnung statt Bankschalter!

Denke an Rühreier mit Tomaten und Adenauer, der sich Weihnachtsurlaub bei Petrus erbittet, weil er Helmut Kohl besuchen will, um diesem sämtlichen existentiellen Kränkungen trotzenden Enkel den Rücken zu stärken: Du hast deine Sache gut gemacht. Auch ich habe menschliche Häme, Selbstgerechtigkeit, Schadenfreude zu spüren bekommen, und sogar auf die Nachwelt kann ich nicht setzen, weil selbsternannte Intellektuelle und wer nicht alles meiner Ära immer weiter enge Dumpfheit und Spießertum vorwerfen; ich mache mir allerdings gar nichts draus, und dich wie mich wird keiner aus dem Buch der Geschichte streichen können, international übrigens waren wir ja auch zu Lebzeiten längst hochgeschätzt. Der Prophet gilt nichts in seinem Vaterland. Die Deutschen haben ein besonderes Talent für Undankbarkeit. Mittlerweile verehren sie Buddha, Allah oder wer weiß wen Fernen mit mehr Eifer als den obsolet gewordenen christlichen Gott.

Hat Hannelore irgendwelches Weihnachtsgebäck für mich? Im Himmel steht uns zwar alles zur Verfügung, aber plötzlich ist mir doch mal wieder nach etwas Irdischem zumute!

Oh, Lizzilein, ich fürchte, das mit dem Adenauer-Freigang wird auch nicht das Nonplusultra sein und den *Akzent* bezwingen! Ich finde es doch problematisch, mit der jahrzehntelang praktizierten Kokctterie vorsichtig zu werden (Du nimmst dir das gar nicht erst vor), wenn man, für andere, aufgehört hat, im richtigen Alter dafür zu sein (obwohl der *Akzent* sicher circa fünf Jahre älter ist als ich, was aber, alter biologischer Vorteil, bei Männern nichts ausmacht). Neulich nach C. W.: *Akzent* und ich als Letzte raus, nächtliche Straße, Regen, nahm Schutz unter seinem Schirm an, passte auf winzige Berührungen auf. Mir schien, er auch.

Doch meine Stimme, sonst mein Plus: albern, schwachsinniges Kichern. Sagte: Sie meinen es nicht gut mit mir

(Hausaufgabe), Irrtum, widersprach er, Sie schaffen das. Läppisch so weiter mit Dialog, Schultern plötzlich gegeneinander, mein *Pardon*-Piepsen plus Ich-bin-nicht-jung-genug-Bewusstsein. Etwas stimmt nicht, sei froh, dass Du das bei Deinen Affairen nicht merkst. Aber meine folgen dem C.-W.-Gesetz vom Scheitern, literarisch gesehen sind sie mehr wert als deine. Womit könnte Adenauer, Weihnachtsgast bei Kohl, scheitern? Mit nichts, fürchte ich, habe trotzdem Adenauer-Sätze im Kopf: »Aus meiner Himmelshöhe beobachte ich mit vergnügtem Stolz mein großväterliches Erbe, deine Standfestigkeit, doch anders als du war ich auch im verborgenen Innern zäh und nicht zu kränken. Bedenke: Nie werden deine Feinde, sie sind es aus Neid, sich von den alles zurechtrückenden Unschuldsbeweisen auch der renommiertesten Völkerrechtler und der ranghöchsten Rechtsgelehrten belehren lassen, weil sie es nämlich nicht wollen. Sie werden dir, so wie mir meinen Globke und das muffige materialistische Klima meiner Ära, lebenslänglich deine Spender und die Verweigerung des Wortbruchs anhängen, kein einziges Gesetz hast du gebrochen, die Gelehrten können es so ausführlich belegen, wie sie wollen, deine Feinde stellen sich taub. Allesamt die Rechtschaffenheit selber, alle bis auf dich. Nein, danke, Hannelore, keine Gänsekeule, es war immer die Schokolade, die mir in Verhandlungspausen sofort wieder neuen Pep gegeben hat.«

Hier läuft nichts schief. Übrigens ist der *Akzent* überhaupt nicht der Schöngeist-Typ, nicht spillerig, Superhände: kräftig, alles in allem nicht dein Raffael-Botticelli-Geschmack, C.-W.-Kurse passen eigentlich nicht zu ihm, er könnte ein renommierter Professor für Staudämme, gewagte Brücken sein.

Zurzeit lesen wir Andre Dubus, USA, der sehr fromm wurde und das etwas kaschieren will, damit es literarisch wird, und schon in der zweiten Story riechts bei einem Paar dauernd nach Sex, geht mir etwas auf den Geist. Ich bin für die Tomatenrühreier zu faul geworden, holte mir kalte Gemüsetaler von gestern neben den PC, spiele weiter *andere fremde Frau,* und jemand könnte ins Adenauer/Kohl-Weihnachtszimmer reinplatzen, meine Generation, ein affiger Autor, und, damit was Unangenehmes passiert, dem A. höhnisch erklären, dass es einfach out ist und unelegant und nicht spacey, in ihm den weltweit respektierten Staatsmann anzuerkennen. No chance, der Geist wabert links. Konservativ ist lächerlich. Der *Akzent* erwartet sicher Verehrung von mir, also was weiß ich?

Boccia, Cadenabbia, Schokolade, rheinischer Tonfall. Das Beste: sein Widerstand gegen die Nazis. Diese Dezember-Nummer vom *Polit. Blick* wird A.-kenntnisreich sein, bei mir muss er nur W. feiern. Er besucht die Mitternachtsmesse. Der mit dieser unattraktiven Nichte war Wehner, aber hatte A. nicht auch eine ältliche Frau um sich: Tochter?

Bekennender Nicht-Preuße, Rhöndorf, geringer Wortschatz (macht ihm nichts aus, international auch nicht, eitel war er nicht, Glück im Zeitalter vor TV-Sucht), Westöffnung, das Ex-Naziland verdankt ihm frische atlantische Luft, nur wo bleibt Weihnachten? – Musste unterbrechen, nach den Gemüsetalern wurde mir etwas schlecht. Jetzt:

Besuch bei der Neuen, in der Stiftsallee und in C. W. (Wetter heute deutsch, also Kaffee, Kirsch allerdings aus der Schweiz). Via PC werde ich zwar eine Fremde, die ich bewundere, aber nie eine von der Art Ines Niehaus-M. Eine dieser Frauen mit Geduld für die Dinge des Lebens: indianischen Bastkram, balinesische Keramik (oder andersrum), Jogging-Schuhe im Entree, neben der Garage Surfbretter: noch ziemlich hässlich gestaltlos verpuppte Larven, ihre drei (!!!) Söhne, Adventskränze (einer an der Haustür!) und schon Weihnachtsgebäck, vier Sorten, sie macht aber noch mehr. So nervenstark wäre ich auch gern, bin aber froh, dass ich es als Solistin nicht sein muss. Thema Hilfe bei A. + W.-Hausaufgabe: Da, woher sie kamen, Kreis Gütersloh, ist ein A.-Neffe Landrat! Ältester N.-M.-Sohn hatte mir etwas »runtergeladen« (?), Ines wusste sowieso einiges von ihm.

Während ich bei den Plätzchen zu oft zugriff, erfuhr ich von ihr und Ehemann (Marketing-Leiter, Freizeit-Maler, riesige Öltafeln überall: viel Rot): A. jun. läuft gern, gibt sich volksnah, wirkt aber etwas kühl. Macht mit beim Nachtlauf (alte Tradition im Landkreis). Dem Onkel sieht er nicht ähnlich, keine Barlach-Backenknochen. Geb. in Bonn, Vater Notar. Ehemann Niehaus, an dem mir gefiel, dass er Pfeife rauchte (100 Prozent Mann wie *Akzent*, Malen passt so schlecht zu ihm wie C. W. zu *Akzent)* und die Grappaflasche holte, suchte nach der gestrigen Ausgabe ihrer ehemaligen Regionalzeitung (sie behalten das Abo bei), fand sie, zeigte ein Foto: auf dem, umrahmt von anderen Männern, der Neffe, eine uralte Frau im Rollstuhl. *Mit Optimismus vital und mit viel Obst ins 103. Lebensjahr* stand über dem Foto, auf dem die Jubilarin sämtlichen Vitaminen zum Trotz den Betrachter ausdruckslos anstarrte und Sven-Georg A. nicht zu erkennen war. Von höherer Stelle plane man für ihn eine Karriere, Eskalation innerhalb der Partei und sicher darüber hinaus mehr; Ines N.-M. war plötzlich nicht ganz sicher, ob er drei oder vier Kinder hätte, und *Drei!* dröhnte der älteste Pubertäts- und Internet-Sohn, überreichte mir die zwei Online-Seiten. Bei Hobbys steht ganz vorn: Sport, Sport und nochmals Sport. Und was für Sportarten das sind, und was er sonst mag, und bei mir kam es (Grappa?) zur C.-W.-Zündung: Adenauer, aber nicht der alte Häuptling, sondern Sven-Georg besucht an Weihnachten Greisin, stört, Sven kriegt Likör, Stollen, Greisin zündet Kerzen an Baumersatzgesteck an, er, auch irritiert, redet drauflos, für Greisin wie Fremdsprache, er merkt es nicht: Sport, Sport und nochmals Sport ... ich war aktiver Leichtathlet, aktiv im Handball, Tischtennis, Fußball, jahrelang trainierte ich eine A-Jugend-Handballmannschaft. Mein Terminplan ist dicht, aber wenns irgend geht, bin ich auf dem Tennisplatz, es sei denn, mein Sohn will eine Runde mit mir auf dem Fußballplatz bolzen, haha. Haben Sie auch Kinder? Enkel, Urenkel?

Außer Sport mag ich Krimis. Ich lese Agatha Christie auf Schwedisch. Schwedisch ist meine zweite Muttersprache. Die Vornamen meiner Mutter: Ulla Britta. Meine Frau heißt Petra. Aber Ihr Name ist auch hübsch: Ottilie. Selten geworden. Meine Selbstaussage, wenn man mich danach fragt: Wo es mir gefällt, da bleibe ich.

Die Greisin erschrickt, klingt für sie wie eine Drohung.

Er outet sich als bodenständig, zuverlässig, sagt: Loyalität und Optimismus werden bei mir großgeschrieben. Ihr Stollen schmeckt köstlich. Selbstgebacken? Dumme Frage, muss ein uraltes Geheimrezept sein.

Greisin: Ich habe Parkinson und Tremor. Sven: Eine Gnade, dieses hohe Alter.

Greisin: Ich bekomme Essen auf Rädern. Sven: Schön, wenns mit dem Appetit noch klappt. Kein zweites Stück, danke. Und so weiter.

Lizzi, was meinst Du, würde der Trick den *Akzent* umwerfen? Ich müsste es noch weihnachtlich drumherum machen, Schnee, vielleicht die Dorfstraße auf dem schwarzgerahmten kleinen Gemälde einbauen und natürlich noch mehr Sven über seinen berühmten Onkel reden lassen, der Greisin kämen ein paar Erinnerungen, nein, gar keine, siehe: Scheitern. Oder meine Hauptperson wäre eine überhaupt nicht mit A. verwandte Frau Bina A., gäbe sich bei Weihnachtsfeier als A.-Nichte aus, was aufflöge, schiefginge, wodurch es literarisch würde. Wird bald mehr als Doppelportobrief, also in den Kasten mit ihm. Nochmals: Genauso wenig wie A. kann man jeden anderen Regierungschef für Geist oder Ungeist innerhalb der Gesellschaft verantwortlich machen. Doof sind die Leute von allein. Und Wirtschaftswunder, auch zum Schimpfwort runtergekommen: War es nicht erst mal nötig? Und allen recht? Und hat nicht A. trotz geringen Wortschatzes die Deutschen wieder hoffähig gemacht (so einigermaßen)? Puh! Love! M.«

Zwei Tage später öffnete Milva ein ebenfalls doppelt frankiertes Kuvert, Absender: Liz. Darin fand sie, an die Kopie ihres eigenen Briefs gepappt, auf einem herzförmigen Merkzettel Liz' Botschaft: »Das IST die Story! 1 plus! Gib sie genauso ab, bis auf die *Akzent*-Stellen, pass gut auf! Bis bald, ich ruf dich an. Love! L.«

Wer aber vorher telefonierte, das war der *Akzent*. Eine Uraufführung! Milvas schöner Alt sprang eine Oktave höher. Die diskrete Fassung ihrer Briefstory hatte sie per Post geschickt. (»Es eilt sicher.«) Hypochondrisch-glücklich, bekam sie nur Bruchstücke mit: Briefidee doppelbödig, thematisches Spiel, Teilhabe am Schreibprozess. Nicht die Rede war von einem Abdruck im *Politischen Blick*, aber (Milvas Herz wackelte riskant) vom gemeinsamen Essen beim Chinesen gegenüber.

Sie fürchtete die Wirklichkeit, wartete trotzdem nach dem nächsten Kurs auf den Vorschlag. Der Vorschlag wurde nicht gemacht. Chinesen taten Glutamat ins Essen. Glutamat war ihr noch jedes Mal schlecht bekommen. Drei Interpretationen hellten die Lage auf: Der *Akzent* hatte keine Zeit. So schlecht wie Glutamat bekam ihr Aufregung beim Essen. Die Dezember-Ausgabe war schon im Satz. Dennoch, erst bei *XX II, bitte melden!* fielen ihr die berühmten Schuppen von den Augen: Der Fall *Milvas Hausaufgabe* war ja selber soeben literarisch geworden. Dass es schneite: schon zu viel des Guten.

Am nächsten Tag gegen elf spielte Milva am PC *fremde Frau*, sie tippte: »Als Milva Huber sich aus Nervosität dazu entschloss, ihrer Freundin Liz einen Brief zu schreiben, konnte sie noch nicht ahnen, wie genial diese Idee sich später ausnähme ...«

Sie würde wie die echten Schriftsteller rücksichtslos sein, die *Akzent*-Stellen wieder hineinnehmen (zu ihren Gunsten leicht variiert), denn ohne sie gäbe es nicht den Schluss, durch den alles schiefging und Literatur wurde. Ein PC-Tag lag schön regnerisch vor Milva Huber.

Drei Flinten, ein Hase

Grässliche Eile beim Aufräumen in der hübschen kleinen Küche im holländischen Bauernstil mit den blau-weißen Kachelattrappen und keine Zeit fürs Genießen und die Freude daran, das Gießen der Topfpflanzen, einst sorgfältig und individuell auf jedes Gewächs und seine Bedürfnisse konzentriert, jetzt rasch, nervös, und flüchtig die Betten gemacht, die Laken nicht straff genug in die Bettrahmen gespannt, nur einfach reingestopft – aua, meine Fingerknöchel! –, und zu wenig, eher überhaupt kein Vergnügen an den Fußball- und Pferdemusterbezügen für die Kopfkissen und Plumeaus der Kinderbetten, schon gar kein Stolz auf die elegante Bettwäsche im Elternschlafzimmer – *Elternschlafzimmer*: was gabs Grauenhafteres und Spießbürgerlicheres? –, in dieser Dekade die weinrot und schwarz gestreifte … Stress! Uff!, schnaubte Daisy. In keiner einzigen Handlung – es war *ihre* Haushaltswoche, in vier Tagen wäre Karsten wieder dran – kauerte die Innigkeit und was es sonst noch war, Liebe, Behagen, *Zufriedenheit* war es, *innerer Frieden* von früher. Früher war gar nicht so weit weg. Aber nur zeitlich gesehen. Nicht mental, nicht emotional. Auf diesen Gedankenspaziergang bildete Daisy sich ein bisschen was ein, sie konnte sich noch immer sehr gut analysieren. Früher ist nah bei diesen holländischen Kacheln und der Bettwäsche und den Pflanzen und jedem anderen Gegenstand im kleinen Haus, aber ich bin weit weg. Ebenso ehrlich flehte sie, aber wen bloß an: Ach, wie schrecklich gern kehrte ich so bald wie möglich in diese heimatlichen Gefilde mit den heimatlichen Empfindungen für jede dieser wichtigen Alltäglichkeiten zurück, nur: wie soll es denn möglich sein und auch noch *bald*! Lieber Gott, verdammt noch mal, nur du allein weißt, dass ich wirklich gern mit Haut und Haar und meiner Seele zurückkäme! Karsten glaubt mir das nicht. Er traut nur dem, was er mitkriegt, ganz von außen. Menschen sind Menschen, na gut, aber Stefano macht sich doch hundertmal mehr Gedanken als Karsten, mein eigener Mann seit schon siebzehn Jahren. Ich fürchte, es stimmt, Karsten ist stur. Seit ich in Stefano einen Vergleich habe … Was ist mit Karstens Innenleben, hat er denn überhaupt eins?

Was in Daisy vorging, war weniger als ein Selbstgespräch. Ihre zwiespältige Unrast haspelte sich im Kopf einfach so herunter, Begleitmusik zu den häuslichen Handgriffen und ebenso schnell. Seit mehr als einem halben Jahr ist mein Leben ein Hin und Her von hier nach dort, eine Hetzjagd. Daisy korrigierte sich gleich zweimal: mein Doppelleben. Und: Pass auf, dass aus der Hetzjagd keine Treibjagd wird.

Als sie sich bei diesem letzten Gedanken Haken schlagen sah, wie ein Beutetier, ein Freiwild, ein Hase zwischen zwei Flinten, überkam sie ein linderndes Mitleid. Eins von der Sorte, die guttat. Alle anderen Mitleidserfahrungen aus der letzten Zeit waren fürchterlich: Karsten, wenn sie mit einer fadenscheinigen Begründung zu spät nach Haus kam, allein vor dem Fernsehapparat, und einmal hatte er sie zu spät gehört, als sie ins Zimmer trat, und ebenfalls zu spät, aber schnell und beschämt mit der Fernbedienung ein anderes Programm auf den Bildschirm geworfen – der Ärmste, aber wie absolut widerlich trotz allem, er war von ihr doch tatsächlich bei irgendwas Pornoähnlichem erwischt worden! Mitleid mit Stefano, der, wenn sie ihn ein paar Tage hintereinander nicht irgendwo treffen konnte, das große pinkfarbene Kartonpapier vor sich aufstellen musste, um darauf in ihren mit grünem Farbstift gemalten Buchstaben zu lesen: Daisy ist *da* (*da* in Druckbuchstaben). Mitleid mit den Kindern, obwohl die nichts wussten, aber was machte da den Unterschied, sie, Daisy, sie wusste. Und seit neulich war Bieni ein bisschen komisch. Grässliche Mitleidserfahrungen.

Doch dieses Mitleid jetzt galt ihr selber, und es beruhigte und entlastete, auf einmal hatte sie ein unschuldiges Gefühl und ein sehr gutes Gewissen. Warum bloß war Selbstmitleid in solchen Misskredit geraten? Musste man sich nicht selber lieben? Sagte das nicht die christliche Lehre? Ja, aber *deinen Nächsten wie dich selbst*. Karsten, Stefano, die Kinder, okay, das geht ja sowieso in Ordnung. Jeden von ihnen liebe ich auf meine Weise, und so wird auch, je nach Maßgabe der Gefühle, jeder bemitleidet.

Nur die dumme Geschichte mit Bienis Geburtstagsgesellschaft hätte nicht passieren dürfen. Daran musste Daisy wieder denken, als sie vor dem Badezimmerspiegel mit dem blaugrünen Eyeliner Ober- und Unterlider bestrich und zuversichtlich verfolgte, wie ihre großen blauen Augen interessanter wurden, sie schienen etwas tiefer in ihre Betten einzusinken. Daisys Gesicht war ein bisschen platt und ziemlich breitflächig. Zu Bienis Fest war Daisy atemlos zu spät gekommen, viel zu spät, und die Kinder saßen ohne Schokolade und Kuchen am ungedeckten Kaffeetisch und warteten lahm und penetrant und beleidigt auf den Start, als könne es den nur durch Daisys Anpfiff geben – warum hatten sie denn bloß nicht wie sonst auch, wenn kein Geburtstag war, irgendwas gespielt oder ferngesehen? Aber nein, an diesem Tag benahmen sich die Mädchen wie kleine Divas, die hofiert sein wollten, ach, sie hockten einfach blödsinnig rum wie alte Frauen, die vor sich hin murren, weil der Kaffeeklatsch in die Binsen zu gehen droht. Und Bieni hatte ihrer Mutter einen strengen, erschrockenen Blick zugeworfen. Du lieber Himmel, wenn ich die S-Bahn nicht gekriegt habe! Aber Bieni hatte immer weiter so geschaut und war den ganzen Nachmittag über komisch gewesen. Daisy fand sie tyrannisch und ungerecht, leider jedoch gegen ein in ihr nagendes besseres Wissen, denn Bieni stand Kritik zu, ihr aber nicht. Gemischte Gefühle alles in allem, trotzdem, es durfte nicht wieder passieren.

Daisy war eine liebevolle herzliche Mutter, nur seit diesem verflixten – andererseits ach so wundervollen – halben Jahr in Zeit- und Gefühlsbedrängnis. Stefano kannte ihre Not: welch ein Trost. Karsten gab selten überhaupt nur einen übers Banal-Alltägliche, die Fragen der Haushaltsorganisation hinausreichenden Piepser von sich. Und Daisy konnte doch so wundervoll melodramatische Auftritte inszenieren, vor Karsten mit größter Überzeugungskraft verkünden: Nichts wird je geschehen, was meinen Kindern schadet. Sie sah ihn dann erwartungsvoll an, er wirkte verlegen, unsicher, wie neulich, dachte Daisy jetzt beim Bemalen ihres Mundes, als ich ihn mitten in diesem geilen Männerprogramm mit all den bis auf den String zwischen den Falten ihres Hinterns nackten Playgirls ertappt habe. Warum kann er mir nicht antworten? Wann kommts zu einer Diskussion? Ich brauche ein inspirierendes Leben, ich brauche nicht Sex von Stefano – sie musste kichern: nicht nur, Sex ist nicht nebensächlich, aber die Hauptsache ist er nicht –, ich brauche Gedankenaustausch … Und dass ich meinen Kindern niemals wehtun werde, jawohl, dahinter steckt die volle Wahrheit.

Ein Schwatz mit der Nachbarin, früher richtig anheimelnd, heutzutage: keine Zeit. Daisy merkte, sie hatte noch eine gute Viertelstunde bis zum Aufbruch zur Bushaltestelle und sogar ein bisschen Lust auf einen kurzen Tratsch mit Ulli Sachser. Die Sachsers bewohnten die nach Westen zu gelegene Hälfte ihres Doppelhauses. Die Wohnung dort war genauso geschnitten wie die von Karsten und Daisy, aber einfallsloser eingerichtet.

Pass gut auf dich auf, sagte Ulli Sachser, die ihre Haare grau werden ließ und auch sonst nicht genug für ihr Äußeres tat. Sie war eben nicht, so wie Daisy, berufstätig. Ulli Sachser bekam so einiges mit von Daisy, von ihren derzeitigen Bedrängnissen zwischen Freuden und Leiden, Höhen und Tiefen, und zwar nicht nur als Beobachterin, sondern weil es Daisy sehr schwerfiel, wenn sie so entsetzlich viel empfand wie zurzeit, den Mund zu halten.

Das Ganze hält mich auf Trab. Daisy lachte. Das Beste daran ist, ich hab schon vier Pfund abgenommen. Das ist noch nicht genug, aber ich kann mich bei diesem Leben drauf verlassen, dass weitere Pfunde dahinschmelzen. Plötzlich sah sie, die immer Schlankheit angestrebt hatte und vor Stefanos Eintritt in ihr Leben immer vergeblich, kläglich-besorgt aus: Ich werde immer weniger.

Noch gehts ja, sagte Ulli Sachser. Sag mir, wann ich dir die Haare machen soll.

Sie war früher Friseuse gewesen, übte ihren Beruf nun nur noch in der Familie und für gute Freunde aus.

Vorerst nicht. Daisy wurde dieses Thema peinlich. Ulli Sachser kriegte den schicken Schnitt nicht hin, den Stefano an ihr bewundern wollte. Längere Schwippe vor den Ohren, ziemlich kurz im Nacken. Das letzte Mal war es total missglückt, und Daisy hatte wie immer ausgesehen. Sie plante, in der Stadt zum Friseur zu gehen, was aber problematisch war, weil Ulli Sachser sie so gut wie täglich sah und die Abtrünnigkeit sofort bemerken würde.

Ist denn euer Nils noch zufrieden dort in Reading?

Er schreibt sehr vergnügt. Daisy lachte. Und nur Karten und nicht viele Karten. Wenn das kein gutes Zeichen ist.

Ulli Sachser hatte offenbar nicht vor, die Zufriedenheit der Nachbarin zu teilen, schon gar nicht, sie zu genießen oder gar gutzuheißen. Ich finds doch reichlich hart, ich als Mutter, wenn ich denke, ich müsste auf eins von meinen so lang verzichten.

No news, good news, tirilierte Daisy. In ihren Augen war Ulli grämlich, und nicht mehr lang, dann wäre sie eine verbitterte Frau, zu alt für ihr Alter. Du solltest dich umhören, irgendwo wieder arbeiten, und wenn es als Aushilfe ist. Die Kinder sind jetzt groß genug. Daisy riet nicht zum ersten Mal ihrer Nachbarin, sich wieder ins Leben hinauszuwagen. Bald liefe sie bis zum Abend in ihrem schlapprigen Morgenrock herum. Sie musste an Stefano denken, an ihr augenblicklich furchtbar verworrenes Leben, und verglichen mit der Eintönigkeitsaura um die Nachbarin herum, gefiel ihr jede Qual, die sie mitmachte, tausendmal besser als Ulli Sachsers langweilige ordentliche Lebensbahn.

Für mich ists und bleibts Verbannung, sagte Ulli Sachser.

Nils fühlt sich bei dieser Familie Smithers wohl. Wieder lachte Daisy. Wenn wir telefonieren, R-Gespräch natürlich, muss er schon nach deutschen Wörtern suchen. Es lohnt sich also.

Aber dass er noch nicht mal über Weihnachten nach Haus darf. Sie seufzte, als gehe es um ihren eigenen Sohn in einem englischen Exil mit den strengen Regeln: Die Organisatoren von *Jugend lernt Europa* untersagten für die Dauer der einjährigen Auslandsaufenthalte bis auf Post- und Telefonkontakte jeglichen Umgang mit den Familien zu Hause. Sie durften nicht zu Besuch kommen und auch nicht besucht werden. Aber sie durften sich in Notfällen an ortsansässige Betreuer wenden. Und im Fall eines Scheiterns fern der Heimat konnten sie aus dem Vertrag entlassen werden.

Nils freut sich auf englische Weihnachten. Daisy dachte:

Und für mich ist ein Liebling zu Haus weniger in diesem Jahr sehr günstig. Es wird einfach um eine Person weniger anstrengend. Bieni muss voll auf ihre Kosten kommen, Karsten auch, so als gäbs keinen Stefano, der ebenfalls voll auf seine Kosten kommen muss, und das alles wird stressig genug, drei Flinten, ein Hase, aber mit Nils wären es vier Flinten.

Dein Mann sah heut Morgen nicht besonders gut aus, Daisy.

Sie hat zu viel Zeit, hängt sich aus dem Küchenfenster und observiert die Nachbarschaft. Ulli musste ja geradezu hoffen, etwas mit Daisy und Karsten gehe schief, bei einem solch tristen Leben aus zweiter Hand.

Er ist ein bisschen vergrippt, weißt du. Das plagt ihn.

Und dein Freund, stimmts oder hab ich recht?

Es stimmt, und du hast recht. Daisy wunderte sich über ihre Heiterkeit. Sie war nun einmal so schrecklich stolz auf ihre Liebe, deswegen machte es mehr Spaß, bei der Wahrheit zu bleiben, als Karsten eine Grippe anzuhängen.

Ich sag dir was. Trotz Morgenrock und einer kleinen Krone aus Lockenwicklern auf dem Kopf folgte die Nachbarin Daisy bis auf die Straße. Die Lockenwickler waren mit ziemlich hoch herausragenden, kreuz und quer stehenden Clips festgesteckt, und Daisy musste an eine kleine Platte mit Rouladen denken, die Ulli da auf ihrer Schädeldecke balancierte. Ich sag dir, was ich über die Ehe denke.

Jetzt wirds aber spannend. Trotzdem, ich bin schon ein bisschen knapp für meinen Bus.

Du triffst ihn wieder.

Bestimmt. Daisy machte ein ernstes Gesicht und glaubte, sie sähe feierlich aus. Aber dann siegte die Vorfreude, und Daisy konnte nicht anders, sie kicherte.

Die Ehe, na ja ... Ulli litt an dem Problem, nicht wirklich das herausbringen zu können, was sie fühlte. Ihrem Gesicht sah Daisy an, dass das doch ziemlich viel war. Man ist natürlich nicht mehr verliebt, nach ein paar Jährchen flaut das ab. Fast böse über den Verzicht auf das Gewichtige, das sie ihrer Nachbarin offenbaren wollte, beschränkte sie sich: Ich weiß ganz einfach, was ich an ihm habe, an Jürgen, und ich weiß, was ich nicht an ihm habe. Damit muss man zurechtkommen. Machs gut, ich kehr hier besser mal um.

Machs besser, rief Daisy, sie drehte sich kurz nach der Gestalt im Morgenrock mit dem ausgewaschenen bleichen Rosenmuster und mit den aufgespießten Rouladen auf dem Kopf um, und sie empfand Mitleid, aber auch Ungeduld und Ärger, wie sie die gleichaltrige Frau den Weg zurückwatscheln sah. Lieber mein Gezerre, dachte sie. So will ich nie werden. Nicht mal, wenn ich alt bin. Nie nie nie.

Dann kam der 24. Dezember, und Daisy, zwar nervös, denn heute würde es besonders hektisch zugehen, freute sich doch auf die kleine Privatfeier am frühen Nachmittag in Stefanos winziger Mansardenwohnung, offizielle Legitimation dafür: *Ich möchte unbedingt in diesem Jahr schon am 24. mal bei den Tanten reinschauen und ihnen meine Geschenke bringen*. Karsten hatte zwar eingewendet, für die Geschenke wäre doch wie immer der 25. zeitig und auch weihnachtlich genug und warum Daisy sich mit der Abhetzerei verrückt machen wolle, aber darauf war sie vorbereitet: Tante

Libgard gehts nicht gut, stimmungsmäßig, und Tante Änne ist davon richtig angesteckt, und mir ist der Gedanke scheußlich, dass sie trübe da rumsitzen.

Deine Mutter fährt ja schon zu den beiden.

Die wird auch nur dasitzen wie eine, die sich aufopfert. Es wird ihr so enorm helfen, Karsten, wenn ich kurz dort aufkreuze.

Du musst also in die Stadt, hm hm. Du musst wie an jedem Werktag in die Stadt, als hättest du keinen Urlaub.

Durchschaute Karsten ihr Alibi? Daisy fand es in diesem Moment sehr schäbig, dieses Alibi, und weil ihr ebenso übergangslos die Tränen kamen, wie sie lachen musste, sah sie voraus, wenn ihr nicht ein guter Einfall käme, würde sie gleich weinen: Ach, die armen lieben Verwandten, die sie wie Schachfiguren auf dem Brett ihrer komplizierten Pläne verschob, einfach zum Kotzen. Am besten gegen einen Heulanfall, der zwar wohltäte, ihr Spiel aber verriete, half der Ärger über Karstens quengeligen, sich vorsichtig um ein offenes Wort herumdrückenden Verdacht. Warum legte er nicht seine Karten auf den Tisch? Warum blieb er immer so indirekt? Kniff vor jeder Aussprache? Daisy hatte es geschafft und nicht weinen müssen. Im Gegenteil: Heiter präsentierte sie Karsten all die hübsch verpackten Geschenke für die Tanten und für ihre Mutter, es waren nur Kleinigkeiten, Vorboten für die größeren Gaben, die beim traditionellen Familienfest am 25. überreicht würden.

Und Urlaub hin, Urlaub her, ich mache trotzdem noch den Riesenumweg zum Sozialwerk und bringe Wiebke Biller eine Dose mit Gebäck und eine Kerze mit Tannenzweig.

Hier, bitte. Daisy deutete auf die Überraschung für ihre Kollegin, die in diesem Jahr über Weihnachten den Notdienst machte.

Karsten schob stumm seine Kinnlade hin und her. Er würde es nicht wagen, Daisy zu bitten, die ganze große Tasche, dieses Rieseneuter aus Naturleder, auszuräumen. Auf dem Grund der Tasche lagen ein vom Geschäft schön eingewickelter Schal aus Cashmere und, zusammengerollt in einer Papiertüte mit Nikoläusen drauf, lustige Hosenträger, auf denen der Kopf der Freiheitsstatue abwechselnd mit der Inschrift *Liberty* und den Buchstaben U. S. A. aufwärts- und abwärtskletterte, alles blau und gelb auf knallrotem Grund – für den Sommer, für Stefano. Sein Hauptgeschenk, ein Bademantel aus dunkelblauem Velours, war schon in seiner Wohnung, und er durfte es nicht anrühren bis zur kleinen Privatfeier.

Ich werde mich immerzu aufs Nach-Haus-Kommen freuen, sagte Daisy. Um nicht nur zu lügen, fügte sie hinzu, was die Wahrheit sein würde: Bei den Tanten werd ich mich auf dich und Bieni freuen und auch wenn ich bei Wiebke bin. Sie alle werden so dankbar sein. Und ich werde mich deshalb dann nach dem ganzen Hin und Her umso besser fühlen, richtig wohl werde ich mich fühlen.

Edel sei der Mensch … Karsten klang ironisch.

Du hasts gehört, neulich in der Diskussion über das Glück: Wer sich selbst applaudieren kann, ist glücklich. Für irgendwas, von dem er denkt, dass ers richtig gemacht hat.

Na, dann machs mal richtig, und machs so richtig, dass nicht nur du denkst, es wäre richtig.

Selbstachtung, sagte Daisy, etwas geschwächt.

Gutes Gewissen, sagte Karsten, ziemlich fest.

Eben, sag ich ja. Jetzt hörte Daisy sich trotzig an. Zu jedem anderen Zeitpunkt als diesem hätte sie Karstens störrische Signale, minimale Signale, aber immerhin Signale, genutzt: zum Sprechen auf dem Umweg über die Analysen des Glücks bei den Diskussionsteilnehmern, lauter großen Kalibern, Philosophen und irgendwelchen Denkern anderer Fakultäten, dann direkt auf die Strecke zu ihm und ihr, zu ihrer Ehe, zu ihrem Anrecht auf … worauf? Auf Glück, verdammt. Wohl nicht gerade auf einen Liebhaber, strenggenommen, aber Stefano machte sich ihr doch hauptsächlich wegen seiner Gedankentiefe und seiner Sensibilität und der verzaubernden Wirkung seiner Phantasie unentbehrlich. Und dadurch, dass man mit ihm *sprechen* konnte. Aber heute hatte sie dummerweise wirklich kein Minütchen Zeit mehr, wenn sie ihr Programm schaffen wollte.

Glück ist auch Vergebung, rief sie Karsten zu, den sie nett fand, weil er sie mit dem Auto zur Haltestelle brachte, gleichzeitig aber auch gerade deshalb etwas doof.

In der S-Bahn, die sie knapp erwischt hatte, weil ihr der erste Bus davongefahren war, empfand sie plötzlich überhaupt keine Vorfreude mehr. Sie war viel zu erschöpft dazu. Dieser Tag würde zu anstrengend. Sie *musste* pünktlich zu Haus sein, wegen Bieni, die nicht wie an ihrem Geburtstag von ihr enttäuscht werden durfte. Daisy überlegte, welchen Programmpunkt sie streichen könnte. Es wird zu viel, ich schaffs nicht. Aber im Stadtbus zum Sozialwerk fühlte sie wieder die alte Kraft, von der sie glaubte, sie bezöge sie aus ihrer Liebe zu Stefano.

Wiebi, tut mir leid, ich hätte gern einen Kaffee mit dir getrunken, aber wenn ich bis zu Bienis Bescherung alles packen will, und das ist noch eine Menge, muss ich einfach weiter.

Du glänzt ja wie ein mit Eigelb bestrichenes Butterplätzchen, wie das hier. Wiebke Biller wusste über Daisy und Stefano und den ganzen schrecklichen schönen Konflikt Bescheid.

Daisy fühlte sich wohl und lachte. Ein Plausch mit der Kollegin, die eine Freundin geworden war, hätte ihr jetzt gefallen. Schade, sie musste sich ihn versagen. Such bitte einen netteren Vergleich. Ich möchte nicht gern wie *Gebäck* aussehen.

Gut. Also so: Man braucht gar keine Weihnachtskerzen mehr anzuzünden, du leuchtest doch stärker als sie alle miteinander, und wenn ein Dutzend brennen würde.

Mit dem Rat versorgt, vorsichtig zu sein, *pünktlich, meine Liebe, und zwar meine ich bei dir zu Haus, bei Mann und Kind*, nahm Daisy die zwei Busse, einmal umsteigen, zur Wohnung der Tanten. Schon halb zwei, wie fürchterlich. Die zwei noch gar nicht wirklich alten Frauen ließen sich gehen, ähnlich wäre die Nachbarin Ulli Sachser mit etwas über sechzig, und muffelten in ihrer Küche herum. Daisy brachte überhaupt keine weihnachtliche Gloriole in diese Stätte des Murrens über den Hausarzt, über die Leute aus dem Parterre, das Kindergetobe von nebenan, und ihre Mutter war noch nicht erschienen.

Deine Mutter wollte plötzlich doch lieber erst zum Kaffee kommen. Tante Änne sah beleidigt aus und schnickte den Kopf in die Richtung von Tante Libgard, sie deutete stumm nach unten auf Tante Libgards Füße, und Daisy sah erschrocken und fast angewidert, dass die Tante wieder einmal den linken Pantoffel am rechten Fuß und den rechten am linken Fuß trug.

Warum hast du es ihr nicht gesagt? Warum lässt du sie so rumlaufen? Tante Libgard, zieh die Pantoffeln aus und andersrum an.

Schrecklich, schrecklich, dachte sie im nächsten Bus, und dann brauchte sie noch einmal eine S-Bahn, bis sie schließlich den Fußweg von ungefähr 15 normal gegangenen Minuten in 6 Minuten hinter sich brachte und abgekämpft, doch endlich glücklich in Stefanos Umarmung landete.

Glücklich? Nicht ganz so, wie sie es sich ausgemalt hatte. Anders als sonst vergaß Daisy diesmal in Stefanos Gesellschaft nicht den Trubel, den sie hinter sich hatte, wahrscheinlich weil sie, in größerer Zeitnot als gewöhnlich, den bevorstehenden Trubel nicht vergaß. Stefano war so liebevoll wie immer, so absolut wundervoll, aber wann und wo und in wessen Gesellschaft außer in seiner (oder bei der Arbeit, aber dann müsste sie dran denken, ehe sie nach Haus fuhr, die herrlichen Dinger abzunehmen) sollte sie seine tropfenförmigen blassgrünen Mondsteinohrringe tragen? Das Tuch aus reiner Seide, in einem Ton wie Caramel, war kein Problem: Daisy kaufte sich Sachen zum Anziehen und modisches Zubehör nie in Karstens Begleitung. Auch ein

Buch, kein Problem, nur der Titel, der schon eher: *Liebesgedichte*, eine Anthologie. Stefano hatte auch ein Exemplar für sich gekauft: Das entsprach ihrer Verabredung, synchron zu lesen. Womöglich gerade bei der gleichen Zeile zu sein wie der geliebte Mensch, wie süß söhnte das mit der dann bloß noch räumlichen Trennung aus.

Und das Zimmer war mit so viel Geschmack und Herzlichkeit auf Weihnachten getrimmt! Kerzen, Zweige, wohin man sah, baumelnde Engel. Vom Panettone, den Stefano aus der Mikrowelle holte und zu dem es Vanillesauce gab, konnte Daisy kaum etwas essen. Sie spürte einen Druck auf dem Magen, und ein bisschen schlecht war ihr auch. Um Stefano nicht zu enttäuschen, trank sie reichlich Rotwein, und daraufhin gings besser mit dem Essen, aber der Kloß im Magen blieb, und auf einmal fühlte sie sich schrecklich müde.

Zu viel Wein wahrscheinlich. Daisy versuchte zu lachen, aber es half nichts, sie musste sich hinlegen. Und ich bin so tierisch rumgerast in den letzen Tagen, heut erst recht.

Eine Vorfeier wäre günstiger gewesen, aber das *Ristorante La Taverna Romagnola*, in dem Stefano arbeitete und Teilhaber seines früheren Chefs geworden war, hatte bloß am 24. geschlossen. Daisy bekam noch mit, dass Stefano auf seiner Gitarre Saiten anzupfte – er war eigentlich Musiker, aber in seinem Beruf fand er keinen Job –, und dann nichts mehr, sie bekam nicht einmal den Gedanken mit: Eben schlafe ich ein. Ehe das passierte, hatte sie noch *Bitte weck mich in einer Viertelstunde* sagen wollen, es aber einfach nicht geschafft.

Sie bekam nicht einmal ihre eigenen Träume mit. Die Aufgabe, diesen Weihnachtstag noch halbwegs zu retten, delegierte sie an alle, die an ihrer Gefühlszwickmühle beteiligt waren, und auch das bekam sie natürlich nicht mit.

Zum Beispiel Karsten: Sie wird den Bus verpasst haben. Oder die S-Bahn. Außerdem ists noch nicht mal halb vier. Er versorgte Bieni mit einer Tasse Schokolade. Aber Bieni sagte, sie habe jetzt überhaupt keine Lust auf Schokolade. Das unversöhnliche trübsinnige Kindergesicht ärgerte ihn. Zuerst hatte es ihn traurig gemacht, dann jedoch war er böse auf Bieni geworden, und damit fühlte er sich schon erheblich besser. Er dachte kaum an Daisy. Bieni ertappte er bei einem ganz ratlosen verlorenen Ausdruck, da fuhr er sie richtig an: Sitz nicht so rum, tu irgendwas. Als Bieni sich davontrollte und er zuerst ihrer schmalen Gestalt nachsah und dann auf die nicht angerührte Tasse Schokolade blickte, rief er ihr im Wiedergutmachungston nach, und er musste dabei denken, *bei Bieni traue ich mich noch, um ihre Liebe zu betteln*: Weißt du, vielleicht gefällts der Mami so gut bei der Omi und den Tanten, und sie wollen sie nicht weglassen.

Bieni rief zurück, ohne sich umzudrehen, aber auch mit der Hab-mich-bitte-wieder-lieb-Stimme: Ruf doch mal bei denen an!

Und Daisy schlief und bekam gar nichts mehr mit, keinen einzigen Traum, sogar den nicht. Und schon gar nichts zum Beispiel von Bieni.

Bieni machte sich Sorgen. Sie hatte, als sie die Treppe hinaufstieg, um sich in ihrem Zimmer der Kränkung hinzugeben, überhaupt keine Lust, den Papi zu bedauern, aber sie tat es, fast mehr noch als sich selber. Er war so saumäßig bemitleidenswert, fast verabscheute sie ihn dafür. Die Mami ließ sie und ihn sitzen, aber Bieni fand, er, der Papi, Mamis Mann, er hätte das verhindern müssen. Er müsste das doch *können*. Was die Mami dem Papi und ihr antat, wenn sie jetzt dauernd zu spät kam, nicht nur zu Weihnachten oder wie neulich bei ihrer Geburtstagsfeier mit den verbiestert (und Simone hatte schadenfroh ausgesehen) rumsitzenden Freundinnen, das war nicht richtig. Nicht *fair*, hatte der Papi abends zu Mami in einem schnellen längeren Satz gesagt, als die beiden dachten, Bieni wäre schon ins Bett gegangen. Und dann hätte Bieni gut noch länger lauschen können, die Mami redete viel, und es hörte sich nach Vorwürfen und Verteidigung an, aber Bieni war weggegangen, wie um sich vor etwas zu drücken, von dem sie wusste, was es war. Entweder waren sie alle beide schuldig oder alle beide unschuldig, das konnte man nicht rausfinden; aber ich habe nichts damit zu tun, wenn sie das nicht in Ordnung bringen können, dachte Bieni und rief von ihrer offenen Zimmertür aus noch mal runter zu diesem Mann, der da so hilflos stand, und das fand sie dumm von ihm, er machte anscheinend wirklich einen saublöden Fehler: Ruf doch mal bei denen an.

Bei denen klingelte jetzt wirklich das Telefon. (Und Daisy schlief tief wie eine Tote, dieses Zentrum all der Probleme, Daisy, der Mafia-Boss im Exil, mit dem Nun-tut-mal-euern-Job-Befehl, kümmert euch drum.) Das Telefon klingelte in der Wohnung von Tante Libgard und Tante Änne, als ihre Cousine, die Mutter von Daisy, Kaffee nachschenkte. Und sie war es, die es übernahm, den beiden schussligen Frauen am Telefon zuvorzukommen, die beiden regten sich immer wie verrückt auf, wenn sie telefonieren mussten. Aber nicht ihr Schwiegersohn Karsten war, der Bitte seiner kleinen Tochter gehorchend, dran. Daisys Mutter hörte, in seiner hessisch gefärbten weichen Sprechweise mit italienischem Akzent, Stefano zu.

Stefano, der längst nicht mehr leise, um ihren Schlaf zu schützen, im Umkreis von Daisys Lager hin und her gegangen war, auch von ihm bekam Daisy nicht das Mindeste mit. Sie hatte sich gerade ein bisschen bewegt, doch es bedeutete nichts, und Stefano sah einfallslos dabei zu, wie seine Freundin womöglich noch tiefer in den Schlaf absackte. Gut informiert, wie Stefano nicht nur über Daisys Organisation des 24. Dezembers, sondern auch über alle familiären Telefonanschlüsse rund um die Freundin war, wählte er die Nummer der Tanten. Er wollte Daisys Mutter sprechen. Sie war in die Affaire nicht eingeweiht, aber Daisy hatte ihr von ihm erzählt. Angeblich lernte Daisy Italienisch bei ihm, und er war dazu auserwählt, Bieni demnächst Gitarrenunterricht zu geben. Vorerst besaß Bieni noch keine Gitarre. Daisy, der leichthin fröhlich auf die Hochstimmungen Zustrebenden, die das im Grunde nicht umwerfend interessante Leben eines Menschen doch manchmal abwarf, wenn man nur aufpasste und zugriff, war es zu gewagt erschienen, Bieni schon in diesem Jahr eine Gitarre unter den Christbaum zu legen. Schließlich wusste Karsten aus den ersten noch unbefangenen harmlosen Zeiten, in denen Daisy von Stefano erzählt hatte – mit Kolleginnen vom Sozialwerk aß sie im *Ristorante La Taverna Romagnola* zuerst zweimal in der Woche, dann immer öfter ihre Pizza semplice –, dass Stefano eigentlich überhaupt nicht in die Gastronomie passe, sondern Musiker sei, ein Gitarrist, und als er anfing, sich in ihren Erzählungen in einen verkappten Märchenprinzen zu steigern, der nur auf seine erlösende Verwandlung wartete, natürlich durch eine Frau, die ihn in seine wahre Inkarnation zurückküssen würde, da hörte Daisy, die meist Sorglose, doch lieber mit dem Thema Stefano auf. Aber die Gitarre hatte Karsten sich gewiss eingeprägt.

Zwar murmelte Daisy plötzlich: Das war alles zu viel für mich, vor diesem 24. hätte ich mich schonen sollen. Doch sie artikulierte wie unter Narkose, ihre Stimme schleppte sich immer langsamer von Wort zu Wort. Und schon schlief sie wieder, und wovon sie träumte, wusste sie nicht. Von ihrer Mutter, zum Beispiel?

Die Mutter kannte das von sich: Wenn sie sich aufregte und diese Aufgeregtheit durch eine Herausforderung zustande kam, dann fing sie an, sich stark zu fühlen: *Jetzt muss ich ein Ding drehen, aufgepasst, nimm all deinen Grips zusammen*, sie konnte Kommandos dieser Art irgendwo im Kopf *hören*.

Haben Sie ein Auto?

Stefano hatte ein Auto.

Dann bringen Sie Daisy hierher. Ich werde mit meinem Schwiegersohn telefonieren. Wecken Sie Daisy jetzt endlich auf und fahren Sie dann so bald wie möglich mit ihr los.

Rückfragen Stefanos, der jetzt sehr unsicher und, wie die Mutter fand, jämmerlich klang, wimmelte sie ab. Während sie ihn ein bisschen verachtete, versicherte sie ihm, er brauche sich keine Sorgen zu machen. Er solle sich drum kümmern, Daisy in einem passablen Zustand bei ihr und den beiden Tanten abzuliefern.

Die beiden Frauen, die mit dem Kuchenessen nicht gewartet hatten, wollten nicht einmal wissen, was los war. Sie hechelten eine Frau aus der Nachbarschaft durch, danach deren Mann, danach den Mann, mit dem die Frau aus der Nachbarschaft nun schon dreimal im Café Breuer gesehen worden war, danach die übrige Familie, und es handelte sich um eine große Familie.

Wisst ihr, Daisy kommt noch mal zurück, sie war noch im Sozialwerk, weil eine Kollegin sich nicht wohlfühlte, und da hat sie Notdienst gemacht, und ich halte es für das Beste, wenn sie und ich hier bei euch kampieren … Daisys Mutter sprach mit dieser festen Stimme, die auf Libgard und Änne immer die Wirkung von Tatsachen ausübte. Beiden kam gar nicht in den Sinn, sie hätten es mit Vorschlägen oder gar Fragen zu tun, wenn die Cousine in diesem Ton sprach. Und genauso bestimmt fuhr sie fort: Und jetzt geh ich nur mal schnell der Frau Kessmar *Guten Tag* sagen und *Fröhliche Weihnachten* wünschen. Bin gleich zurück.

Und schon war sie weg. Frau Kessmar wohnte im Parterre, und es entsprach sogar den Absichten von Daisys Mutter, bei ihr irgendwann im Verlauf des Nachmittags oder abends vor dem Weggehen kurz reinzuschauen. In einer durchsichtigen Tüte mit goldenem Sternenmuster hatte sie selbstgebackene Plätzchen, drei von jeder der fünf Sorten, für die alte Dame abgezweigt. Von Frau Kessmars Telefon aus rief sie ihren Schwiegersohn an. Ideal, weil Frau Kessmar taub war und zu allem stetig duldend lächelte.

Ausgeschlossen wars ja nicht, dass Daisy, die jetzt gleich von Stefano geweckt würde, von Bieni träumte. Bieni hörte die Telefonklingel bis rauf in ihr Zimmer. Das musste endlich die Mami sein. Auf dem Treppenabsatz blieb sie stehen. Nein, so ein Mist, das war nicht die Mami, obwohl Papis Gesicht dazu passte, dass sie es wäre. Sie konnte es aber nicht sein, denn sonst hätte er nicht in diesem amtlichen Ton erklärt: Okay. Ich fahre in fünf Minuten los.

Was sollte nun das wieder bedeuten. Bieni dachte: Nun krieg ich doch noch ein paar mehr Sätze aufs Papier. Sie hatte einen Brief an ihren Bruder Nils angefangen und war über *Weihnachten wird diesmal ziemlich doof bei uns* nicht hinausgekommen, Bieni wartete, aufs Treppengeländer gestützt, um mehr zu erlauschen. Eine Zeitlang musste der Papi zuhören. Jemand, mit dem er telefonierte, schien einen anderen Vorschlag zu machen oder sonst was, jemand hatte etwas dagegen, dass er losfuhr.

Doch, sagte der Papi. Ich fahr los und hol sie ab.

Aha. Die Mami wollte er abholen, aber der oder die andere am Telefon wollte das nicht. Und von wo denn eigentlich, das Abholen der Mami? Hatte sie wieder einen Anschluss verpasst und saß irgendwo fest? Und warum, wenn es das war, rief sie nicht selber an?

Bienis Vater sagte: Sie kann sich *hier* ausschlafen. *Hierhin* gehört sie schließlich. Und Bieni, sie wartet schon ziemlich lang, verstehst du, denk mal an Bieni.

Bieni verlor von da an die Lust, mehr zu hören. Oder den

Mut dazu. Da ging es um irgendwas, das gar nicht in Ordnung war und sich jetzt zugespitzt hatte. Die Mami sollte schlafen, und es war *Weihnachten*!

Daisy schlief jetzt nicht mehr richtig, aber aufstehen konnte sie auch noch nicht. Sie blinzelte in das geliebte enge Mansardenliebesnest und liebte es nicht! Zum ersten Mal! Sie sah den Zweig- und Engelchen- und Kerzenaufwand, den Stefano für sie und sich getrieben hatte, *aus Liebe*! Und sie versuchte, das alles wieder zu lieben. Sie bekams nicht hin. Sie bekam mit, was passiert war.

Sie bekam nicht mit, wie ihre Mutter die Liebe zu ihrer Tochter, aber auch die zu ihrem Schwiegersohn und der Enkelin tatkräftig und diszipliniert ausübte: Hör zu, Karsten, sei vernünftig, hol sie nicht ab, wirklich nicht. Es geht ihr nicht gut, zuerst hat sie sich im Notdienst übernommen, und sie war vorher hier, dann noch mal dort, es geht ihr nicht gut, es ist viel besser, sie bleibt heut Nacht bei mir. Du weißt, dass Tante Libgard ihr ehemaliges Eheschlafzimmer nicht mehr benutzt, ich werde mit Daisy dort übernachten. Ich hab sie jetzt schon so schön verpackt ... Was sagst du? Bieni? Bieni ist groß genug, und morgen wird alles nachgefeiert. Du hättest uns drei ja morgen sowieso zu euch abgeholt, und nun wird eben Daisy dabei sein, geht alles in einem Aufwasch. Wie bitte? Sag ihr, die Mami ist ein bisschen überarbeitet, nein, besser, du sagst ihr, es war der Kuchen ... und macht ihr zwei es euch schön. Alles wird wieder gut, wirst schon sehen. Mach Bieni stolz drauf, dass sie ganz allein mit ihrem Vater feiern darf. Du weißt doch, Väter und Töchter, das ist was Besonderes.

Die Mutter empfand die Lage so, als habe sie in ihrem ganzen Leben noch nie so viel Phantasie und noch nie so listige, zum Guten führende Einfälle gehabt. Der Motor, der ihre Fähigkeiten in Gang brachte: Sie liebte ihre Tochter, während sie ihr ziemlich böse war. Und sie liebte Karsten, dem sie etwas weniger böse war. Aber ein bisschen auch. Mit Karsten und dem leisen ungeduldigen Groll gegen ihn erging es ihr auf eine erwachsene Weise wie Bieni, der sie überhaupt nicht böse war. Die Stimmung der Mutter war gut, fast eine Hochstimmung.

Daisys Stimmung war so schlecht, dass sie überhaupt nicht genau wusste, was in ihr vorging. Schuld dran ist er nicht. Nur, gäbs keinen Stefano, dann wäre ich nicht eingeschlafen, und es gäbe nicht diese verfluchte beschämende Scheiß-Situation.

Daisy gab Stefano im Auto nur einsilbige Antworten. Absichtlich. Er verdiente es jetzt nicht anders. Was er nämlich anscheinend überhaupt nicht spürte, war, wie tief sie in der Tinte saß. Und es war ihre gemeinsame Tinte, verdammt noch mal. Gut, er war nicht allein schuld, aber *mit*schuldig müsste er sich fühlen, mindestens das.

Sie fuhren zur Wohnung der Tanten, es war gegen sieben und beruhigend, dass Daisys Mutter dort die Dinge in die Hand genommen und offenbar fest im Griff hatte. Daisy dachte an Bienis verpatztes Weihnachten, an Karsten, der vielleicht endlich die Zähne auseinanderkriegen und reden würde – über sie und sich und Stefano und die Zukunft –, und sie hätte keine Lust dazu, keine Kraft, ausgerechnet jetzt, wo es so weit war. Sie sagte sich, *es ist aus*, und wusste nicht genau, mit wem, und daran glauben konnte sie sowieso nicht ganz, *aus*, mit wem auch immer, um Bienis und Nils' willen dürfte es ja nicht mit Karsten aus sein. Also zurück in die Einförmigkeit? Ach du Schreck, es wurde später und später, und dort in seinem fernen Reading wartete der vernünftige Nils darauf, dass sie ihn endlich anriefe. Sie hatte geplant, ihm ein Weihnachtslied vorzusingen. »Es kommt ein Schiff, geladen …« von hier über den Ärmelkanal in seinen englischen Regen. Sein trauriges Lieblingsweihnachtslied passte doch in diesem Jahr besonders gut. Oh, wie miserabel sie sich benommen hatte, wie unprofessionell. Wenn man nicht geschickt genug ist und vor allem wenn man nicht selber über ein Auto verfügt, sollte man mit dem Ehebrechen überhaupt nicht erst anfangen.

Stefanos Abschiedskuss war dann doch wieder heimtückisch schön, lieber Himmel, und Daisy musste lachen, als sie sagte: Ich brauche einen Zweitwagen. Stefano verstand nichts, und sie dachte: So schnell gehts eben doch nicht mit dem Abgewöhnen.

Gelandet bei den Tanten und der Mutter, entschied Daisy, Karsten solle sie doch lieber noch gleich heute Abend abholen. Die Mutter hatte ihr die *ganze* Geschichte erzählt, in der um ihr Telefonat mit Karsten erweiterten Ausgabe, Stefano kannte ja nur die Kurzfassung.

Ich bin jetzt hellwach. Ich brauche nicht hier zu übernachten.

Die Mutter übernachtete auch lieber bei sich zu Haus und fand außerdem, alles in allem sei es besser fürs Familienleben, wenn Daisy nicht erst am nächsten Tag dorthin zurückkehrte. Besonders für Bieni.

Daisy, du kannst alles noch retten, wenigstens für Bieni, aber für Karsten halbwegs auch. Bloß ernsthaft vornehmen musst du es dir. Versuch doch, so nicht weiterzumachen. Man kann nicht zwei Herren dienen.

Daisy musste wieder lachen. Dienen will ich keinem von den beiden *Herren*.

Du weißt, was ich meine, sagte ihre Mutter.

Wie hat Karsten gewirkt, seine Stimme? Irgendwie streng? Steif?

Er war wie immer.

Also steif, dachte Daisy, und Karsten war dann wirklich wie immer. Er fragte sie überhaupt nichts. Weil das für Daisy peinlich war, plapperte sie drauflos. Ich habe Umräumpläne, und ich kann mir vorstellen, dass es viel gemütlicher und sinnvoller wird, hör zu: Wenn Nils zurückkommt, ists höchste Zeit für ihn, dass er mehr Platz hat, er muss raus aus seinem Kämmerchen. Ich stelle mir also vor, er kriegt das Elternschlafzimmer und räumt sein Zimmer für dich oder mich, und du oder ich, einer von uns, richtet sich unterm Dach was Nettes ein.

Karsten schwieg, und Daisy konnte im ganzen Innenraum des Ford seine Missbilligung spüren. Also schnell weiter: Ich glaube, es tut jedem von uns gut, wenn er sein eigenes Zimmer hat.

Aber du selbst hast gesagt, in jedem Maigret kommt das vor, getrennte Schlafzimmer machen Ehemann oder Frau verdächtig, knurrte Karsten.

Ja, allerdings, rief Daisy, ich habs gesagt, weil es so unglaublich spießig ist. Wieso sollte nicht jede Ehe davon profitieren, dass die Leute besser schlafen?

Schläfst du schlecht?

Schlaf war jetzt thematisch heikel. Daisy fiel nichts ein.

Anderswo schläfst du anscheinend besser.

Ehe Daisy gereizt wurde oder sentimental, brach ihr heiteres Naturell durch, und sie konnte sogar ein bisschen lachen: Erinnerst du dich? Glück ist auch: Vergebung.

Für den Vergebenden? Karsten warf einen schnellen Blick auf Daisy, und dann schaute er wieder geradeaus auf die Fahrbahn. Es hatte angefangen, ein bisschen zu schneien.

Ja, für den Vergebenden ganz besonders. Eigentlich *nur* für den.

Daisy fing an, sich ganz leicht zu fühlen. Draußen in ihrem Vorort fiele der Schnee in richtigen dicken Flocken, und Bieni wäre glücklich. Der, dem vergeben wird, weißt du, er fühlt sich zwar erleichtert und dankbar und all so was, aber das ist nicht gerade Glück, wenn du verstehst, was ich meine.

Ich verstehs.

Das Glück gehört dem Vergebenden. Wie sie Karsten das Glück aufbrummte, das fand sie ein bisschen schäbig, aber sie wollte mit großem Ernst, er solle an sein Glück glauben und es genießen, schon auch um ihn nicht zu bemitleiden. Einer von den Diskussionsteilnehmern übers Thema Glück hat übrigens gesagt, dass sie eine Tugend ist, die Glückseligkeit. Stammt von irgendeinem ganz wichtigen Philosophen.

Daisy wusste, Glückseligkeit wars nun gerade nicht, was Karsten, der immerhin seine Frau zurück nach Haus kutschieren durfte, zuteil wurde. Die wahre Glückseligkeit unterschied sich ganz gewaltig von der Mansardenwohnungsglückseligkeit, mit der sie sich auskannte und die alles Mögliche war, bloß nicht tugendhaft.

Du, Karsten, demnach müsstest du glückselig sein. Weil du dich im Zustand der Tugend befindest. Daisy kicherte. Sie wunderte sich. Wirklich, ein komisches Gefühl: gleichzeitig ein bisschen frivol und doch auch sehr ehelich geborgen. Also los, mein alter Schatz, nun mach schon, sei glückselig.

Karsten hörte dem typischen hellen Daisygelächter zu, und ihm kam es so vor, als habe er seit langem in einer engen Bandagierung um den Rumpf herum gesteckt, und die berste nun endlich, er erfuhr wieder, was Frei-atmen-Können war. Aber lieber blieb er noch ein bisschen auf der Hut. Nur vorsichtig tastete er sich an die Hoffnung – noch keine Gewissheit! – und sagte sich vor: Da neben mir sitzt die frühere Daisy, die Daisy unserer gemeinsamen Jahre und die von Nils und Bieni, das ist *meine* Daisy, dieses Lachen gehört unserer Familie.

Vergebende beneide ich richtig, sagte Daisy.

Aha, machte Karsten.

Ich möchte auch mal vergeben müssen, sagte Daisy und lachte.

Dann tus doch, forderte Karsten sie auf.

Aber wem denn bloß? Ihr seid ja alle immer so brav. Daisy wimmerte ein wenig, das war gespielt, sie war vergnügt.

Dir, mir und wem du sonst noch willst, sagte Karsten. Es klang ernst gemeint. Dann fand er sich doch eine Spur zu feierlich, und er legte seine rechte Hand, die schon zu Daisys Knien unterwegs gewesen war, wieder ans Lenkrad. Bieni kriegt nun doch ihren Schnee, sagte er.

Ihren Weihnachtsschnee und ihre Weihnachtsmami. Laut fing Daisy zu singen an: »Stille Nacht, heilige Nacht …« Bei »alles schläft« kam es in ihrem Kopf zu einem Befehl, die Ampel schaltete ohne Zwischenhalt bei Gelb von Grün auf Rot: Stopp! Schlafen passt jetzt nicht sehr gut, weils allzu gut passt, und heilig wars nicht die Spur.

Aber optimistisch, wie sie nun einmal war, und Karstens Humor gewiss, wagte sie es, einem Einfall zu folgen: »Stille Nacht, heilige Nacht, *Daisy* schläft, einsam wacht …« Ja und wie weiter?

»Nur der traute Ehemann«, sang Karsten.

Der »hochheilige« fehlt, sagte Daisy.

Passt nicht in den Rhythmus, zu viele Silben, sagte Karsten.

»Holde Daisy im lockigen Haar«, sang Daisy.

Beide lachten, Daisy natürlich länger und lauter als Karsten.

Inhalt

Weihnachten ohne Mr. Addams 5
Lauras Weihnachtseinladung 16
Weihnachten wird diesmal richtig schön 26
Das Weihnachts-Komplott 41
Weihnachten ohne Parfum 53
Alle Jahre wieder 66
Arthurchen schreibt seinen Wunschzettel 73
Sylvia kommt an Weihnachten 83
Mit Weihnachten ist es nicht getan 99
Als wäre es Weihnachten 115
Tochter Zion 132
Die Seifenschalenoper 142
Die Idee des Jahres 156
Es muss etwas schiefgehen 165
Drei Flinten, ein Hase 179

Gabriele Wohmann, 1932 in Darmstadt geboren, gehörte zu den wichtigsten Schriftstellerinnen ihrer Generation. Ihr umfangreiches Werk umfasst Romane, Gedichte, Essays, Hör- und Fernsehspiele, vor allem aber galt sie als eine Meisterin der Kurzgeschichte. Mit scharfem, ironischem Blick und einem Gespür für die verborgenen Dramen des Alltags schrieb sie unverwechselbare und stets pointierte Shortstorys über die Abgründe und Tröstungen des normalen Lebens.

Gabriele Wohmann erhielt zahlreiche Preise, darunter den Bremer Literaturpreis und den Hessischen Kulturpreis, und das Große Bundesverdienstkreuz. Sie starb am 22. Juni 2015 in Darmstadt.

Im Aufbau Verlag erschienen die Sammlungen »Scherben hätten Glück gebracht«, »Schwarz und ohne alles«, »Wann kommt die Liebe« und, herausgegeben von Georg Magirius, »Eine souveräne Frau. Die schönsten Erzählungen«.